AF384848

MYRTIL

ET

MÉLICERTE

TIRAGE

300 exemplaires sur papier vergé (Nᵒˢ 41 à 340).
 20 — sur papier de Chine (Nᵒˢ 1 à 20).
 20 — sur papier Whatman (Nᵒˢ 21 à 40).
____
340 exemplaires, numérotés.

No

MYRTIL

ET

MÉLICERTE

PASTORALE HÉROIQUE

AVEC UNE NOTICE

PAR ÉDOUARD THIERRY

ET UNE PRÉFACE

PAR LE BIBLIOPHILE JACOB

PARIS

LIBRAIRIE DES BIBLIOPHILES

Rue Saint-Honoré, 338

M DCCC LXXXII

PRÉFACE

—

NICOLAS-ARMAND-MARTIAL GUÉRIN était le fils unique d'Isaac-François Guérin d'Étriché, comédien, et de Grésinde Béjart, la veuve de Molière, que ce comédien avait épousée le 1er mai 1677. Le jeune auteur de *Myrtil et Mélicerte* n'avait donc pas plus de vingt et un ans lorsqu'on représenta, en 1699, cette pastorale héroïque, dont Molière avait composé les deux premiers actes en vers alexandrins, et que Nicolas-Armand-Martial Guérin eut l'étrange idée de mettre en vers libres, en y ajoutant un troisième acte de sa façon, avec un prologue et trois intermèdes.

Nous avons dans les œuvres de Molière, depuis l'édition de 1682, publiée par Lagrange et Vinot, les deux premiers actes de *Mélicerte*. On a lieu de regretter que Molière n'ait pas achevé lui-même cette charmante pièce, qu'il avait improvisée, en 1666, exprès pour faire valoir le délicieux talent du comédien Baron, son élève.

Nicolas-Armand-Martial Guérin nous apprend, dans la préface de *Myrtil et Mélicerte*, comment il fut amené à entreprendre la tâche difficile, non seulement d'achever un ouvrage de Molière, mais encore de le remanier et de le récrire. « M. de Molière, dit-il, avoit commencé *Mélicerte*. Lecteur avide des moindres productions de ce grand homme, je me suis étonné cent fois de ce qu'il n'avoit pas donné la dernière main à un ouvrage dont l'heureux commencement nous promettoit une suite aussi parfaite. J'admirois les couleurs avec lesquelles il peignoit tous ses caractères, et *Mélicerte* me parut avoir toute l'innocence et toute la pureté que demande la pastorale. Je fis une sérieuse attention à la grâce de ses expressions, et ce fut dans ces moments que je formay le dessein de la continuer. Ce ne fut point sans réflexions, et je n'entrepris point la chose en jeune homme ; je reconnus la grandeur du péril où je m'exposois, et je n'osay qu'en tremblant hasarder sur le papier une première ébauche. Je sortois de mes études, j'estois jeune, sans lumière et sans expérience, peu sçavant dans les règles de l'art ; le désir de me distinguer et quelque peu de naturel furent les guides de mon génie. »

Cette page est pleine de délicatesse et de naïveté ; on ne se sent pas le courage, en la lisant, d'accuser d'outrecuidance le poète écolier qui osa toucher à l'œuvre de Molière. Nicolas-Armand-Martial Guérin ne s'était pas décidé à une pareille tentative sans avoir consulté des *personnes éclairées*, qui lui « firent connoistre que les vers libres, étant plus enjouez, étoient plus dans le goût de la pastorale ».

Quelqués critiques, d'ordinaire sagaces et clair-
voyants, avaient pensé naturellement que l'auteur
de *Myrtil et Mélicerte* avait pu trouver dans les
papiers de Molière le projet de la transformation
de *Mélicerte* en vers libres ou irréguliers et le plan
de ce troisième acte, que le continuateur de la pastorale n'aurait fait qu'exécuter dans le goût des
deux premiers actes. Nous-même, nous n'avions
pas hésité, dans le Catalogue Soleinne, à supposer
que Nicolas-Armand-Martial Guérin s'était inspiré
des notes qu'il avait trouvées parmi les papiers de
Molière ; mais il n'est plus possible de conserver
un doute à cet égard, après la déclaration formelle
que contient la préface de *Myrtil et Mélicerte :*
« J'avouerai en tremblant, dit Guérin, que le troisième acte est mon ouvrage et que je l'ai travaillé
sans avoir trouvé, dans les papiers de M. de Molière, ny le moindre fragment, ny la moindre idée.
Heureux s'il m'eût laissé quelque projet à exécuter !
Tout ce que je pus conjecturer, ce fut qu'il avoit
tiré *Mélicerte* de l'histoire de Timarette et de Sésos-
tris, qui est dans *Cyrus*. Je le lus avec attention, et
là-dessus je traçay mon sujet. »

Nicolas-Armand-Martial Guérin est moins expli-
cite et plus réservé, en parlant du prologue qu'il a
jugé à propos de placer en tête de la pastorale, et
en ne parlant pas des intermèdes qui accompagnent
chacun des trois actes de la pièce en vers libres.
« Il étoit de mon intérêt, dit-il, de faire un prologue qui m'excusât dans l'esprit de mes auditeurs
et qui leur fît connoître le respect et la vénération
que j'ay toujours eus pour M. de Molière. » Il ne serait
pas impossible que Molière fût pour quelque chose

dans ce prologue où Thalie et Melpomène comparaissent devant Apollon pour se disputer la mise en
œuvre de *Mélicerte*. Nous avons beaucoup de peine
à croire, par exemple, que le jeune Guérin ait écrit
cette ingénieuse critique du genre de la pastorale :

> C'est s'exposer à des dangers,
> Que de remettre sur la scéne
> Des bergeres et des bergers :
> Cela me fait trembler, ma chere Melpoméne.
> On ne veut plus voir sous l'ormeau
> L'agréable berger Tityre
> Chanter sur son chalumeau
> Et conter aux échos son amoureux martyre.
> Nous ne sommes plus au temps
> De Théocrite et de Virgile.
> Pour rendre enfin les spectateurs contens,
> A leur goût formez votre style :
> On ne chante plus d'Amarille.

On sait combien les vers lyriques sont faciles et
gracieux dans les intermèdes de Molière ; nous ne
pouvons nous empêcher de citer, sans prendre parti
pour ou contre, quelques chansons du troisième
intermède de *Myrtil et Mélicerte* :

> Chaque berger du bocage
> Aime à son tour,
> Et je veux suivre cet usage.
> Mon berger me dit chaque jour
> Que je suis faite pour l'amour
> Et que l'amour est de mon âge.

> Pour un berger la timide bergere
> Craint quelque temps de s'enflammer ;
> Mais, aussitost qu'elle veut sçavoir plaire,
> Elle veut sçavoir aimer.

L'Amour a des aisles :
Il s'échappe aisément.
Par des tendresses nouvelles
Engagez chaque jour le cœur de votre amant.
L'Amour a des aisles :
Il s'échappe aisément.

Mais le passage, que nous avons rapporté plus
haut, relatif aux papiers de Molière, que le fils de
Guérin d'Étriché eut en sa possession, nous paraît
avoir une importance qu'on ne saurait trop signaler.
La veuve de Molière ayant confié à Lagrange et à
Vinot tous les manuscrits de son premier mari, ou
du moins une partie de ces manuscrits, pour préparer l'édition définitive de 1682, on avait présumé
que Lagrange était resté détenteur de ces manuscrits,
en partie inédits, dont il n'avait pas fait usage.
Or, Lagrange mourut à Paris le 1er novembre 1692,
et sa bibliothèque fut vendue à l'encan peu de
temps après sa mort. On voulait donc se persuader
que les manuscrits de Molière avaient partagé le
sort de la bibliothèque de Lagrange. Mais Nicolas-
Armand-Martial Guérin déclare, dans la préface de
Myrtil et Mélicerte, qu'il avait eu sous les yeux
les papiers de Molière, lorsqu'il se disposait à travailler à cette pastorale, qui fut représentée le sa-
medi 9 janvier 1699. Ainsi peut-on supposer que
les papiers de Molière restèrent dans ses mains jusqu'à sa mort, qui eut lieu le 7 mars 1708. Sa mère,
la veuve de Molière, qui lui avait remis ces papiers,
était décédée elle-même, le 3 octobre 1700. Lesdits
papiers, après la mort de Guérin, devaient revenir
de droit à sa sœur de mère, à la fille de Molière,
à Mme de Montalant, dont le mari assistait à l'enter-

rement de son beau-frère Nicolas-Armand-Martial
Guérin. M. de Montalant, qui avait survécu à sa
femme, ne mourut qu'en 1738, en sa maison d'Ar-
genteuil. C'est à cette date probablement que les
papiers de Molière ont pu passer dans des mains
respectueuses ou indifférentes, amies ou ennemies.
De là chance de perte ou de conservation.

Nous savons, par une note de Grandval père,
que les comédiens du Théâtre-Français avaient
refusé la pastorale refaite par Guérin, mais que,
Mlle Raisin, une des meilleures actrices de la troupe,
s'étant intéressée au jeune auteur, le grand Dauphin
ordonna de jouer la pièce, qui fut représentée pour
la première fois à Fontainebleau. Gacon assistait à
la représentation, mais il ne fait pas, dans une de
ses satires, un tableau flatteur de cette représentation, que le célèbre musicien Lalande avait pourtant soutenue de sa musique :

> Lalande par ses sons enchantoit mes oreilles.
> Heureux si, satisfait de nous plaire en latin,
> Il n'eût point travaillé sur les vers de Guérin ;
> Car, dés le même soir, la Cour, à *Mélicerte*,
> De Lulli, de Moliere, exagera la perte,
> Et Lalande et Guérin, sifflés des courtisans,
> Même au sein des flatteurs, furent sans partisans.

Guérin a donné un démenti formel au *Poète sans
fard*, à ce méchant satirique Gacon, en constatant le
succès de la musique et des intermèdes de *Myrtil et
Mélicerte*. « S'ils ont fait du plaisir, dit-il, c'est à
la grâce et à l'agrément des personnes qui les ont
exécutés que j'en suis redevable. J'ay la même obligation aux acteurs qui m'ont bien voulu faire l'hon-

neur de jouer dans ma pièce; ils s'y sont tous portés avec chaleur; ils sont entrez dans les caractères qu'ils représentoient; ils se sont tous souvenus de M. de Molière et ils n'ont rien oublié pour soutenir un ouvrage qui avoit été commencé par un homme qui a fait l'honneur de leur théâtre et dont la mémoire leur est si chère. »

Cette pastorale héroïque n'eut pourtant que sept représentations, et l'on fut d'avis que Guérin avait gâté l'ouvrage de Molière en essayant de le compléter. « Rien n'est plus mediocre que cette pastorale, disent les frères Parfait. Le changement que M. Guérin le fils a fait en mettant en vers irréguliers ce que Molière avait composé en vers alexandrins n'a produit qu'une faible copie. Mais ce jeune auteur est encore bien moins excusable lorsqu'il a voulu être original et substituer ses idées à celles de son modèle. » Guérin, il est vrai, a souvent substitué à la langue franche et simplement élégante de Molière une versification assez facile, mais plate et verbeuse, peu correcte, faible et fade.

Il est probable que cette pastorale n'eût jamais été jouée si la princesse douairière de Conty n'eût pris en affection le jeune Guérin d'Étriché, qui lui adressait des poésies obséquieuses, qui lui envoyait des contes de fées et qui se recommandait sans cesse à sa protection. Aussi est-ce à elle, et non à Mlle Raisin, qu'il présenta un remerciement « sur la bonté qu'elle a eue de faire jouer *Mélicerte* à Fontainebleau ». Une note de Grandval père et de Mlle Desmares n'est pas trop favorable à l'auteur de *Myrtil et Mélicerte*, qui dut encore à la faveur de la princesse de Conty l'heureuse chance de faire jouer, en

1704, une autre comédie-opéra, *la Psyché de village,*
qui n'eut qu'une seule représentation. « Le jeune
Guérin, ont dit de lui Grandval père et M^llo Desmares, croyoit avoir beaucoup d'esprit et un grand
talent pour le genre dramatique, mais il se trom-
poit entièrement sur l'un et l'autre point. » Nous
devons cependant lui tenir compte de la respec-
tueuse admiration qu'il avait pour Molière.

P.-L. Jacob, *bibliophile.*

NOTICE

MÉLICERTE

PASTORALE DE MOLIÈRE

REPRÉSENTÉE

DANS LE *BALLET DES MUSES*.

———

CES magnifiques ballets de la monarchie au XVIIᵉ siècle, le *Ballet des Muses* (décembre 1666), plus que les autres, étaient de grands cadres où pouvaient toujours s'introduire des divertissements nouveaux. On changeait telle ou telle entrée, on remplaçait une partie du spectacle ; c'est ainsi qu'un seul ballet suffisait aux plaisirs d'un carnaval de la cour.

L'entrée de Thalie était la troisième. On l'avait réservée à la comédie, cela va sans dire, et le divertissement par la comédie avait été réservé à la troupe de Molière, faveur insigne, lorsque l'hôtel de Bourgogne et la troupe de Scaramouche ne figuraient que dans un assaut d'éloquence burlesque, à la neuvième entrée, celle de Polymnie.

Comme rien ne devait manquer à cette victoire de Molière sur ses rivaux, Benserade, en homme qui savait prendre le vent, avait fait au comédien favori l'honneur d'un quatrain accompagnant son entrée :

Pour Molière.

Le célèbre Molière est dans un grand éclat,
Son mérite est connu de Paris jusqu'à Rome ;
Il est avantageux partout d'être honnête homme,
Mais il est dangereux avec lui d'être un fat.

Cependant le génie du poète n'avait pas eu là l'occasion de briller dans tout son lustre. Molière ne se présentait pas avec une comédie écrite. La troupe du Palais-Royal ne donnait qu'une pièce jouée à l'impromptu, précédée d'un prologue en danse et en chant; la pièce à l'impromptu s'appelait *Corydon ou la Pastorale comique.*

Les vers écrits pour le chant sont un petit chef-d'œuvre de poésie badine. Quant au canevas de la pastorale, il reste à peu près lettre close. Si pourtant on se rappelle le succès qu'avait eu, vers le milieu de l'année, *la Noce de village* de

Brécourt, avec son jargon des halles et le pugilat de crocheteurs que propose Colin à Nicolas, à voir sur le livret des indications comme celles-ci :

Scène V : Un pâtre apporte à Lycas un cartel de la part de Philène ;

Scène VII : Lycas hésite à se battre ;

Scène VIII : Les paysans viennent pour séparer Philène et Lycas ;

IV° entrée de ballet : Les paysans prennent querelle en voulant séparer les deux pasteurs et dansent en se battant,

on est porté à croire que Molière avait aussi voulu avoir, dans une certaine mesure, sa *Noce de village*.

Quel fut le succès de la *Pastorale comique?* On n'en sait rien ; mais soit que le genre n'eût pas réussi à la cour, soit même qu'il eût trop bien réussi et que, si peu de jours après la mort du petit duc de Valois[1], le caractère bouffon de l'intermède parût trop contraster avec le deuil de Monsieur et de Madame déjà rappelés à Saint-Germain, la pastorale héroïque de *Mélicerte* venait à propos remplacer la *Pastorale comique ;* seu-

---

1. Philippe-Charles, duc de Valois, fils de Monsieur, frère du Roi, et d'Henriette d'Angleterre, né à Fontainebleau, le 16 juillet 1664, baptisé le 6 décembre 1666 au Palais-Royal, où il mourut le 8. Le 9, le roi vint rendre visite à Monsieur et à Madame ; le 10, le petit corps était

lement le temps avait encore manqué à Molière, et son travail n'était pas terminé.

Des trois actes dont devait se composer *Mélicerte*, il n'avait écrit que le premier et le second, le troisième n'existait pas; mais au fond l'intérêt de la pièce n'était pas dans la pièce même, il était dans le début du jeune Baron.

C'était le jeune Baron que son maître voulait montrer à Louis XIV, c'était lui qui devait être la curiosité et le charme de la nouvelle entrée. Si les deux actes, tels qu'ils étaient, fournissaient au merveilleux enfant l'occasion de plaire au roi, s'il y trouvait matière à donner une juste idée de son précoce talent, la pièce était assez faite. Ce fut l'avis du roi, d'autant mieux que la représentation des trois actes aurait pris trop de place dans la durée du ballet, et le roi n'eut pas tort.

Les rôles de Myrtil et de Mélicerte sont tou-

---

porté à Saint-Denis; le 13, Monsieur et Madame revenaient à Saint-Germain « pour trouver auprès de Leurs Majestés, dit la *Gazette*, la consolation qu'elles seules sont capables de leur donner dans une si sensible affliction ».

Et à la date du 23, « *Le Ballet des Muses*, dit encore la *Gazette*, continue d'être ici le divertissement de la Cour, depuis que l'on y a fait quelques changemens et ajouté d'autres choses qui le rendent encore plus agréable ».

Parmi ces changements on aime à penser que Madame avait été remplacée dans ses deux rôles de Bergère et de Piéride.

chants et gracieux. Celui du bonhomme Lycarsis est amusant, sympathique et bien complet; Molière, qui l'avait fait pour lui-même, s'y était donné le plaisir d'adresser en face à son auguste protecteur un des plus brillants couplets où Louis XIV ait aimé à s'entendre glorifier devant sa cour et avec elle. L'à-propos y était donc et ne laissait rien à désirer.

On ne lit plus guère *Mélicerte* aujourd'hui. À quoi bon lire une pièce morte? Mais l'est-elle donc ainsi qu'on le croit? Il faut bien y prendre garde : partout où Molière a mis de lui-même, il y a mis la vie et on l'y retrouve. Il l'a bien retrouvée dans *Don Garcie*, quand il en a tiré les grandes scènes du *Misanthrope* et que, d'une étincelle partie de l'âme d'Alceste, il a rallumé le sang aux veines du prince jaloux.

Une semblable résurrection aurait pu avoir lieu pour *Mélicerte*.

Transportés dans un autre milieu que celui d'un genre trop démodé, la scène du bavard et taquin Lycarsis qui ne veut pas raconter ce qu'il a vu quand on l'en prie, et qui enrage quand on ne veut plus l'écouter, — celle du sot bonhomme qui prend pour lui les aveux à demi-mot que lui font les deux bergères éprises de son fils, — le quiproquo des deux portraits de Myrtil que se montrent confidemment les deux bergères et qu'elles croient avoir échangés par mégarde, avant d'avoir découvert qu'elles sont

rivales sans le savoir, — la scène exquise où
Myrtil leur refuse ingénument de choisir entre
deux mérites dont il se sent indigne, et s'excuse,
doucement obstiné, de ne pouvoir aimer que
Mélicerte; — celle enfin où son amour touche si
bien son père, en dépit de lui-même, que celui-ci
finit par s'engager à obtenir pour lui Mélicerte
de l'oncle dont elle dépend; tous ces épisodes,
défigurés par le costume, par les noms des per-
sonnages et par la fable romanesque, prendraient
aussitôt, avec une autre physionomie, leur mouvement naturel et aisé, celui de l'œuvre humaine
de Molière.

Encore une fois les deux actes de *Mélicerte*
ont dû donner, cela se sent bien, tout ce qu'on
leur demandait : un spectacle gracieux assorti à
l'ensemble d'une somptueuse galanterie comme
le Ballet des Muses, et les honneurs de la partie
remportés sur les acteurs des deux autres théâtres
par un enfant sans pareil élève de Molière.

Aussi l'enfant est-il le véritable héros de la
pièce. C'est pour lui qu'elle a été composée et
écrite. C'est à sa taille qu'a été ajusté le rôle de
Myrtil, c'est sur sa voix qu'il a été noté, c'est
sur l'air de sa personne que se règle l'effet de
tous les autres rôles. Myrtil et Baron ne font
qu'un. Qui lit la pièce voit Baron, et dans l'enfant, comme dit Molière, l'homme à venir.

Il entre en scène, ce petit garçon, et, avant
qu'il ait paru, nous savons quel trouble il

cause dans plus d'un cœur. Menalque et Tirène (La Grange et du Croisy) sont rebutés pour lui de leurs bergères. Deux bergères de qualité, Daphné et Eroxène (Mlle de Brie et Mlle Molière) ont, chacune, fait faire son portrait par Atis, le peintre à la mode, et portent toujours sur elles ces chères miniatures.

Singulière tendresse qu'inspire Myrtil ! elle tient à la fois de son mérite qui devance son âge, et de son âge qui passe à peine la première enfance. Les bergères, les nymphes qui l'aiment, l'aiment à la fois comme un berger divin et comme un enfant. Elles en sont éprises ; mais elles ne se flattent pas que son innocence comprenne leurs soupirs. Elles n'osent même pas essayer leurs soupirs contre son innocence. Entre elles et lui les sexes changent de rôle. Ce sont elles qui forment pour lui des désirs et qui demandent sa main à Lycarsis. Étonnement de Lycarsis, d'où son premier moment de surprise comique. Ce n'est pas cependant, quand le rustaud se ravise, qu'il ne se rappelle avoir remarqué, lui aussi, la singulière précocité de Myrtil :

Il est vrai qu'à son âge il surprend quelquefois ;
Et cet Athénien qui fut chez moi vingt mois,
Qui, le trouvant joli, se mit en fantaisie
De lui remplir l'esprit de sa philosophie,
Sur de certains discours l'a rendu si profond,
Que, tout grand que je suis, souvent il me confond ;
Mais, avec tout cela, il n'est encor qu'enfance
Et son fait est mêlé de beaucoup d'innocence.

« Ce qui l'occupe le plus, ajoute le bonhomme, c'est le jeu

> Et les petits désirs de se voir ajusté
> Ainsi que les bergers de haute qualité.

Les deux portraits peints par Atis ne doivent pas être plus ressemblants. Celui-ci est fait par l'Athénien lui-même qui a pris Myrtil pour élève, lui enseignant à la fois le théâtre et la philosophie. Ainsi annoncé au public, Myrtil n'a plus qu'à paraître. Il entre. Est-ce un jeune garçon, est-ce une femme travestie qui joue le rôle du petit berger, comme Mlle Olivier jouera cent dix-huit ans plus tard le rôle de Chérubin? C'est un jeune garçon aussi joli qu'une femme. Oui, une fois sur le théâtre, le rôle de Chérubin a été une vérité. Beaumarchais ne s'en souvenait pas sans doute ; mais l'idéal de son Chérubin avait été Michel Baron, et ce n'est pas à l'auteur du *Mariage de Figaro* que remonte la première esquisse de l'enfant amoureux ; elle remonte à Molière.

Coïncidence fortuite et qui n'en vaut pas moins la peine d'être remarquée : le petit page de Beaumarchais a treize ans. Beaumarchais le dit dans sa préface ; treize ans, c'était précisément l'âge du joli débutant qui jouait le rôle de Myrtil.

Molière, qui connaissait bien son élève, n'a-vait eu garde de le produire à la cour dans une pièce en prose. La langue des vers était la langue du grand tragédien futur. Dans *Mélicerte*, son maître lui ménageait à la fois l'avantage de parler sa langue maternelle et le prestige qui passe toujours de la noble poésie à ses interprètes. Lorsque Myrtil fait sa première entrée, tenant la petite cage à la main, ce ne sont pas seulement des vers qu'il récite ou qu'il dit, ce sont deux stances qui coulent de ses lèvres, deux madrigaux, pour ne pas trop les surfaire, mais deux madrigaux d'un rythme mélodieux, d'un véritable mouvement lyrique. On sent que les deux stances ont été écrites pour une voix pure, riche et tendre. La note est restée sous les vers. On l'y écoute. On apprend à la retenir et à la retrouver dans tout le rôle. Partout en effet c'est la même simplicité et la même vérité d'accent, parfois avec un ton plus ferme et plus décisif, une expression douloureuse, une éloquence pénétrante, une ardeur et un désespoir qui vont jusqu'au tragique. En adoptant Baron, Molière avait bien deviné tout ce que cette jeune imagination promettait à l'avenir du théâtre. Du premier coup, il lui avait fait le rôle qui devait donner au roi la mesure de cette admirable espérance, et qui garde encore aujourd'hui la mesure la plus exacte de cette grande gloire deux fois renouvelée.

On se demande comment Auger, le laborieux et sagace commentateur de Molière, a si complètement négligé Baron dans son étude sur *Mélicerte*. Trop prévenu lui-même par une opinion générale établie contre la pièce, il n'a pas contrôlé ce préjugé commun et s'est trouvé impartial en se permettant de critiquer hautement Molière. Il s'est récrié sur les contradictions, sur les invraisemblances et tout le faux conventionnel du rôle de Myrtil : invraisemblances, soit; mais l'invraisemblance — Boileau l'a reconnu — n'est pas incompatible avec la vérité, et la vérité du rôle de Myrtil était dans l'acteur même. C'était l'acteur qui était le milieu et le lien de ces impossibilités, le personnage indéfinissable et réel en qui se réunissaient les traits les plus singuliers de deux figures presque étrangères l'une à l'autre. C'était lui qui dénichait les petits oiseaux pour Mélicerte et qui se défendait en homme de cour contre les coquetteries de deux belles nymphes. C'était lui, ce charmant ambigu d'un enfant et d'un héros dont elles demandaient la main à son père et que celui-ci menaçait de fouetter, s'il refusait d'être l'époux de Daphné ou d'Eroxène :

> Non, je veux qu'il se donne à l'une pour époux,
> Ou je vais lui donner le fouet devant vous.
> Ah! ah! je vous ferai sentir que je suis père.

Le fouet à Myrtil! Eh bien! oui; mais Lycarsis c'était Molière. C'était le maître qui badinait avec son élève, le bienfaiteur qui jouait avec son enfant d'adoption. Plus le jeune comédien montrait un talent au-dessus de son âge, plus Molière, soigneux de faire ressortir cet âge enfantin, se plaisait à le rappeler par un brusque effet de contraste, heureux aussi de prendre devant le public la familiarité d'un père avec ce cher petit garçon qui lui témoignait si vivement sa reconnaissance :

> O père ! le meilleur qui jamais ait été,
> Que je baise vos mains après tant de bonté !

et qui lui faisait éprouver par une si douce illusion le tressaillement des entrailles paternelles :

> Ah ! que pour un enfant un père a de faiblesse !
> Peut-on rien refuser à leurs mots de tendresse ?
> Et ne se sent-on pas certains mouvements doux,
> Quand on vient à songer que cela sort de vous ' ?

Quel fut le succès de *Mélicerte ?* quel fut le succès de Baron, car c'est tout un? Personne n'a pris soin de le dire. La Cour n'est pas un théâtre favorable pour les comédiens. L'étiquette qui interdit les applaudissements devant les souverains, y couvre toutes les représentations d'un égal silence, et *Mélicerte*, introduite dans

---

1. Si Molière n'était pas le véritable père de Baron, il faut dire que Lycarsis n'est pas davantage celui de Myrtil ; deux adoptions, et, dans la langue de Corneille, deux nourritures.

le *Ballet des Muses*, dont les véritables acteurs étaient la Pléiade royale, n'avait pas même à Saint-Germain ce qu'on peut appeler une représentation. Si le spectacle eût passé de Saint-Germain à Paris, tirée de l'éblouissement, *Mélicerte* se serait mieux vue à la rampe, l'opinion se fût agitée autour d'elle, un bruit serait venu jusqu'à nous; mais la pièce ne se joua pas à Paris. Myrtil disparu pour ne rentrer au Palais-Royal qu'en 1670, tout s'arrêta là. Baron lui-même n'a rien dit de *Mélicerte* à Grimarest, ce qui ne serait peut-être pas un bon signe; toutefois il ne l'avait pas oubliée, puisque plus tard, en 1685, lorsqu'il fit représenter son petit acte des *Enlèvements*, il y mit une des scènes qu'il avait jouées dans le *Ballet des Muses*, celle où Myrtil, à force de presser et d'émouvoir son père, finit par le gagner à la cause de son amour. C'était celle qui comportait le plus de mouvements divers, le plus de variété, le plus de vivacité dans les tons; si Baron s'en souvenait après dix-neuf ans, c'est qu'il en avait connu l'effet et qu'elle lui avait valu de grands compliments.

ÉDOUARD THIERRY.

MYRTIL

ET

MELICERTE,

PASTORALE HEROIQUE.

A PARIS,

Chez PIERRE TRABOÜILLET, au
Palais, dans la Gallerie des Prisonniers,
à l'Image S. Hubert.

M. DC. XCIX.

AVEC PRIVILEGE DV ROY.

MADAME LA PRINCESSE DE CONTY

DOUAIRIAIRE

MADAME,

QUE *je serois heureux, si j'avois assez de force et de délicatesse dans mes productions pour apprendre au public tout ce que vous doit ma reconnoissance! Vostre Altesse Serenissime a eu tant de bontez pour moy qu'il me seroit difficile de les exprimer, et j'en fus accablé avant que d'en pouvoir remarquer l'estenduë. Lorsque j'eus l'honneur de vous lire MELICERTE, vous daignâtes me rassurer, vous me donnâtes des applaudissemens, et dés ce mesme moment vous m'honorâtes de vôtre protection. Jamais la joye n'avoit trouvé plus de sensibilité dans mon âme, et je m'estimois trop heureux de n'avoir pas déplû à la Princesse la plus délicate et la plus éclairée. Cependant, Madame, Vostre Altesse Serenissime voulut* mettre le comble à ses bontez, aprés avoir entendu lire MELICERTE : elle en parla à Monseigneur si favorablement qu'elle eut l'honneur de paroistre devant luy à Fontainebleau ; elle en prit le party, et la décision avantageuse qu'elle en fit ferma la bouche à mes Critiques. Je ne puis oublier icy l'accueil favorable que vous fistes aux deux Contes de Fées que j'eus l'honneur de vous presenter à Fontainebleau, et la bonté avec laquelle vous receviez les petits vers que j'offrois quelquefois à Vostre Altesse Serenissime. Je sçais, Madame, que l'on ne devroit exposer à vos yeux que de ces compositions sublimes et hors du commun ; mais, si mes expressions n'ont pas esté relevées, du moins leur simplicité doit-elle faire connoistre le respect du poëte. La grâce que je demande à Vostre A. S., c'est de me permettre de donner au public les vers qu'elle a daigné recevoir. Il est de mon devoir de le faire, et de ma gloire de me dire, Madame, avec tout le respect possible,

> De Vostre Altesse Serenissime,
>   Le tres-humble, tres-obéïssant
>   et tres-respectueux serviteur.
>   GUÉRIN.

REMERCIMENT DE L'AUTHEUR

A SON ALTESSE SERENISSIME

MADAME LA PRINCESSE DE CONTY

SUR LA GRACE QU'ELLE LUY FIT D'ENTENDRE
LA LECTURE DE MELICERTE.

Heureux amusemens d'une muse naissante,
Osiez-vous espérer un si rare bonheur ?
    Muse, cet excès d'honneur
    Surpasse de loin vostre attente.
Et comment pourriez-vous estre reconnoissante ?
    Je le sçais, vous avez du cœur :
    Vous voudriez avec ardeur
      Reconnoistre la faveur
    D'une Princesse bien-faisante ;
Mais pour de tels efforts vous estes impuissante.
Soyons justes, n'ayons jamais de vanité.
Quoy ! vous flatteriez-vous de loüer la Princesse ?
    Vous parleriez de sa bonté,
    De sa generosité,
    De son esprit, de sa délicatesse ;
Mais ce seroit à vous trop de temerité :
Vous avez pour cela, Muse, trop de foiblesse.
    Retournons à nos chalumeaux,
    Chantons sous les tendres ormeaux
Les plaisirs d'un berger aimé de sa bergere,

I.

Mais renonçons à des sujets trop hauts ;
Entreprenons ce que nous pouvons faire.
En voulez-vous suivre mon sentiment ?
Montrez-luy vostre jugement
Et vostre reconnoissance
En gardant là-dessus un modeste silence.
Vous voulez cependant faire un remercîment.
Hé bien donc, dites-luy respectueusement :
« Le Destin ne m'est plus severe ;
Il m'en a coûté des soûpirs
Pour me le rendre moins contraire ;
Mais, si ma Pastorale, au gré de mes desirs,
A le bonheur de ne vous pas déplaire,
Le Destin met le comble à mes plus doux plaisirs. »

LETTRE DE L'AUTHEUR

A SON A. S.

MADAME LA PRINCESSE DE CONTY

Madame,

Pardonnez à l'ardeur d'une jeune Muse ; les applaudissemens qu'elle a receus de Vostre Altesse Serenissime luy ont donné du courage. Elle est fiere d'avoir occupé pendant quelques momens l'attention d'une Princesse telle que vous. Aprés ce glorieux avantage, elle traite avec dédain ses autres compagnes ; j'ay beau luy dire qu'elle doit estre modeste et qu'elle ne doit pas abuser de vos bontez : elle dit pour ses raisons, Madame, que vous estes une Princesse si bienfaisante que vous voudrez bien encor luy pardonner cette importunité. Elle a mesme donné à ses discours un tour si naturel et si vray-semblable que je me suis laissé persuader. La grace que vous m'avez faite semble en quelque façon authoriser ma hardiesse. Ce n'est cependant qu'en tremblant que j'ose vous parler encor des bergers de la vallée de Tempé : ils supplient tous Vostre Altesse Serenissime de les honnorer de sa protection ; ils quitteront avec joye leurs petits hameaux pour venir à Fontainebleau, si Monseigneur le souhaite et qu'il daigne les écoûter ; mais, comme ils y veulent paroistre avec les agrémens qui leur sont nécessaires, si l'on leur fait cette faveur, ils vous demandent en grace, Madame, de prier Monseigneur de leur donner au plûtost un ordre pour se préparer à cet honneur. Ils ont dans la teste d'agréables projets de festes champestres, qu'ils ne pourroient exécuter s'ils n'étoient avertis quelque temps auparavant. Celuy qui vous adresse leurs prières ne sçauroit vous exprimer, Madame, et le zèle et la reconnoissance qu'ils ont pour la princesse du monde et la plus spirituelle et la plus acomplie.

REMERCIMENT DE L'AUTHEUR

A SON ALTESSE SERENISSIME

MADAME LA PRINCESSE DE CONTY

SUR LA BONTÉ QU'ELLE A EU DE FAIRE JOUER
MELICERTE A FONTAINEBLEAU ET DE RECEVOIR
FAVORABLEMENT SES DEUX CONTES DE FÉES.

Contre une grande-mere Fée
Une bergere aimable, faite au tour,
Disputa long-temps l'autre jour,
Et la dispute avoit l'une et l'autre échaufée :
La jeune disoit hautement
Qu'à vostre bonté sans égale
Les bergers de Tempé devoient assurément
Le succés de leur Pastorale ;
Que cela méritoit du moins un compliment.
« Qu'entreprends-tu, folle jeunesse ?
Continüa la Fée, et quel aveuglement !
Toy, la remercier ! connois mieux ta foiblesse :
Mes Contes, tu le sçais, ont pendant quelque temps
Occupé ma grande Princesse ;
Je veux luy témoigner, dans l'ardeur qui me presse,
Que s'ils luy font plaisir, tous mes vœux sont contens. »
Pour mettre fin à leurs querelles,
Je leur fis concevoir que, jusqu'à ce moment,
Ne vous ayant donné que quelques bagatelles,

Elles devoient penser plus sérieusement
A faire choix de matieres plus belles.
« C'est en vain que vous vous flattez,
Leur dis-je, il faut se rendre un peu plus de justice;
Songez à mériter les charmantes bontez
De vostre illustre protectrice. »
Ce discours sérieux fit un prompt changement;
L'une et l'autre en ce moment
S'adoucit et reprit sa douceur ordinaire.
« Oüy, dirent-elles galamment,
Nous suivrons toutes deux cet avis salutaire.
Entre mille projets fameux,
Il n'en est qu'un capable de nous plaire,
Et la Princesse seule est l'illustre matiere
Qui peut fournir de ces sujets pompeux. »

PRÉFACE

E ne veux point icy me parer d'un vain titre de gloire. Je suis tout le premier à me rendre justice, et, si mon ouvrage a eu le bonheur de ne pas déplaire à mes auditeurs, c'est à la memoire de son premier auteur que j'en dois tout le succés.

M. de Moliére avoit commencé *Melicerte* : lecteur avide des moindres productions de ce grand homme, je me suis étonné cent fois de ce qu'il n'avoit pas donné la dernière main à un ouvrage dont l'heureux commencement nous promettoit une suite aussi parfaite. J'admirois les couleurs avec lesquelles il peignoit tous ses caracteres, et Melicerte me parut avoir toute l'innocence et toute la pureté que demande la pastorale. Je fis une serieuse attention à la grace de ses expressions, et ce fut dans ces momens que je formay le dessein de la continuer. Ce ne

fut pas sans reflexions, et je n'entrepris point
la chose en jeune homme : je reconnus la grandeur du peril où je m'exposois, et je n'osay
qu'en tremblant hasarder sur le papier une premiere ébauche. Je sortois de mes études, j'estois
jeune, sans lumiere et sans experience, peu sçavant dans les regles de l'art; le desir de me distinguer et quelque peu de naturel furent les
guides de mon genie.

On me blâmera peut-être d'avoir mis en vers
irréguliers ce que monsieur de Moliere avoit
fait en grands vers; je ne l'eusse jamais fait sans
les avis de personnes éclairées que je consultay
là-dessus, et qui me firent connoistre que les
vers libres, étant plus enjoüez, étoient plus dans
le goût de la pastorale.

Il estoit de mon interest de faire un Prologue
qui m'excusât dans l'esprit de mes auditeurs et
qui leur fît connoître le respect et la veneration
que j'ay toujours eu pour M. de Moliere.
J'avoüeray en tremblant que le troisieme acte
est mon ouvrage, et que je l'ay travaillé sans
avoir trouvé dans ses papiers ny le moindre
fragment, ny la moindre idée. Heureux s'il
m'eût laissé quelque projet à executer! Tout ce
que je pus conjecturer, ce fut qu'il avoit tiré
Melicerte de l'histoire de Timarette et de Sé-
sostris, qui est dans *Cyrus*. Je la lus avec atta-
che, et là-dessus je traçay mon sujet. J'aurois
pû fournir à la carriere, et l'histoire me donnoit

cinq actes complets; mais je m'examinay moy-
même, et je connûs qu'il valloit mieux me rendre supportable dans un seul acte que fatiguant
dans deux autres. J'avoüe de bonne foy ma foiblesse. Je ne prétens point deffendre ce qui
part de ma plume; je l'expose à la critique et à
la délicatesse de mes censeurs. Je ne me picque
point d'un entestement ridicule, mon esprit est
encor à former, et je puis dire içy avec Perse :

> *Nec fonte labra prolui caballino,*
> *Nec in bicipiti somniasse Parnasso*
> *Memini, ut repente sic poëta prodirem.*

J'ay meslé dans les actes quelques intermedes
qui m'ont paru convenir au sujet. S'ils ont fait
du plaisir, c'est à la grace et à l'agrément des
personnes qui les ont executez que j'en suis redevable. J'ay la même obligation aux acteurs
qui m'ont bien voulu faire l'honneur de joüer
dans ma piece; ils s'y sont tous portez avec chaleur; ils sont entrez dans les caracteres qu'ils
representoient; ils se sont tous ressouvenus de
monsieur de Moliere, et ils n'ont rien oublié
pour soûtenir un ouvrage commencé par un
homme qui a fait l'honneur de leur théatre et
dont la mémoire leur est si chere.

ACTEURS DU PROLOGUE.

APOLLON.
MELPOMENE, Muse de la Tragedie.
THALIE, Muse de la Comedie.

La Scene est sur le Mont-Parnasse.

MYRTIL & MELICERTE

PROLOGUE

SCENE PREMIERE.

MELPOMENE, THALIE.

MELPOMENE.

Nous voulons d'un zele semblable
Former un sujet agreable,
Et je soûtiens que pour le mieux
Ce doit estre un sujet tragique :
Rien n'est plus beau qu'un noble sérieux.

THALIE.

Et je vous soûtiens, moy, qu'il doit estre comique.
Qui l'emportera de nous deux ?

MELPOMENE.

Vraiment, vous avez bonne grace
D'oser avecque moy faire comparaison :
Pour moy, j'admire vostre audace
Et vostre peu de raison.

THALIE.

Voyons donc, s'il vous plaît, quel est ce haut partage
Qui me met au-dessous de vous?
Je croy pour moy que l'avantage
Est assez égal entre nous.

MELPOMENE.

Egal? Ah! point du tout; la seule Melpomene
Eleve des autheurs fameux,
Dont les vers grands et pompeux
Sont les nobles enfans de sa feconde veine.

THALIE.

Et c'est donc là ce qui vous rend si vaine?
Il est vray, tous les jours je vous vois admirer.
Je l'avoüe, et veux bien le dire;
Mais, demeurant d'accord que vous faites pleurer,
Convenez avec moy que je sçay faire rire.

MELPOMENE.

Vous avez ce talent, ma sœur;
Mais c'est une chose facile
De faire rire l'auditeur.

THALIE.

Et je le soûtiens, moy, c'est le plus difficile.
A des sujets touchans on le voit compatir;
On peut facilement exciter sa tendresse;

Mais il faut travailler avec délicatesse
    Lorsque l'on veut le divertir.
                MELPOMENE.
Apollon qui paroist peut de nostre dispute
    Décider en un seul moment.
    En voulez-vous subir le jugement ?
                THALIE.
Oüy, je consens qu'ainsi la chose s'execute.
                MELPOMENE.
C'est assez, vous allez avoir contentement.

SCENE II.

APOLLON, MELPOMENE, THALIE.

                MELPOMENE.
Nous attendions, au sortir du Parnasse,
    Que vous vinssiez dans ces beaux lieux.
    Apollon, faites-nous la grace
    De nous écoûter toutes deux.
    Depuis long-temps j'avois en teste
De former un sujet avec quelque agrément
    Qui pût donner naissance à quelque feste.
    Ma sœur loüa mon sentiment.
    Quand cependant, dans l'ardeur qui me presse,
Je prétens en venir à l'execution,

                                        2.

Elle a la même intention.
Apollon, faites-luy connoistre sa foiblesse,
Et quelle est sa presomption :
Je ne puis souffrir de partage.
Une de nous doit l'emporter,
Et, si ma sœur travaille à cet ouvrage,
Je ne veux point luy disputer,
Elle en aura tout l'avantage.
Apollon, décidez, et sans aucun effort,
Thalie y souscrira sans peine.

APOLLON.

Vous le voulez, Melpomene :
Aprenez que vous avez tort.

THALIE, *en la raillant.*

Hé bien, ma sœur, est-ce folie
D'oser avecque vous faire comparaison?

APOLLON.

Point de fierté, belle Thalie,
Vous n'avez pas plus de raison.
Ces manieres chez vous devroient estre bannies,
Et ne devez-vous pas estre toujours unies?

MELPOMENE.

C'est l'unique sujet de mes ressentimens,
Et c'est là ce qui met mon esprit à la gêne.
Pour quelques traits plaisans que produira sa veine,
On oublîra soudain mes nobles sentimens.

THALIE.

Ma sœur, sans prétendre médire,

Ny vous imputer des deffauts,
N'est-il pas vray que nous entendons dire :
« Voila des vers qui sont fort beaux !
Mais nous aimerions mieux rire. »

APOLLON.

Vostre interest est le nostre ;
Sans vouloir icy vous fâcher,
Vous n'avez ny l'une ny l'autre,
A parler entre nous, rien à vous reprocher.

MELPOMENE.

Si ma sœur étoit plus sage,
Nous traiterions certain petit ouvrage...
Mais non, elle a peu de solidité.

THALIE.

Si vous vouliez, nous pourrions faire ensemble
Certain sujet de qui la nouveauté...
Mais non, pour cela, ce me semble,
Vous avez trop de gravité.

APOLLON.

Hé bien, voyons, Melpomene et Thalie,
N'est-il point quelque moyen
De joindre au serieux quelque peu de folie ?
Cela seroit assez bien.

MELPOMENE.

J'ay fait choix d'un sujet où Moliere a fait naître
Les graces et l'enjoüement
Qu'exige le style champestre,
Et ceux qui sçauront s'y connoistre

Y trouveront de l'agrément;
C'est...

APOLLON.

Quoy? Dites donc promptement.

MELPOMENE.

Une pastorale heroïque.

APOLLON.

Oh! tant pis, là-dessus je crains le jugement
De l'auditeur satyrique.
On ne veut presentement
Que ce qui réveille et qui pique;
C'est s'exposer à des dangers
Que de remettre sur la scene
Des bergeres et des bergers:
Cela me fait trembler, ma chere Melpomene.
On ne veut plus voir sous l'ormeau
L'agreable berger Tityre
Chanter sur son chalumeau
Et conter aux echos son amoureux martyre;
Nous ne sommes plus au temps
De Théocrite et de Virgile.
Pour rendre enfin les spectateurs contens,
A leur goût formez vostre style:
On ne chante plus d'Amarille.

MELPOMENE.

Vous faites là trop de difficultez;
On a trop de delicatesse
Pour ne pas goûter une piece

Où peut-être on pourra trouver quelques beautez ;
D'un sujet engageant je ne crains point la perte.
    Pour vous tirer de vostre erreur,
    C'est *Myrtil et Melicerte.*

THALIE, *étonnée.*

Ah ! Dieux ! vous me volez, ma sœur.
C'est là vostre sujet ? Ma surprise est extrême.
    Je voulois travailler au même.

APOLLON.

    Travaillez-y toutes deux.
    Dans cette sorte de poëme,
On peut fort bien mesler comique et serieux,
    Cela n'en sera que mieux.
    Ecoutez-moy l'une et l'autre,
    Je vay parler de bonne foy.
    Les grands vers feront vostre employ,
    Les enjoüez feront le vostre.
    Voila, sans doute, un grand dessein,
    Et cette idée est tres-parfaite.
    Mais avez-vous quelqu'un en main
Qui puisse exécuter...

THALIE.
        Je connois un poëte
    Qui de son sçavoir n'est pas vain.
    Il est capable d'entreprendre,
Si je le luy conseille, un dessein si hardy.

APOLLON.
    C'est-à-dire, à vous entendre,

Que c'est un petit étourdy
Qui suit le feu de sa jeunesse.

MELPOMENE.

Il voudroit achever la piece?
Un tel dessein pour luy me fait trembler de peur :
Travailler aprés un autheur
Que tout le Parnasse renomme !
Vous avez raison, ma sœur,
C'est là l'action d'un jeune homme.

THALIE.

Ma sœur, ne raillez pas tant ;
Je vous garantis, moy, qu'il est plus excusable
Qu'un vieux autheur qui seroit raisonnable,
Et qui voudroit en faire autant.
Apollon, faisons-luy la grace toute entiere :
Il est jeune, il est vray ; prevenons l'auditeur :
Disons-luy que ce jeune autheur
Borne tous ses vœux à luy plaire,
Et qu'il en fait tout son bonheur.

APOLLON.

Pour moy, je ne veux point me mesler de l'affaire.
Je tiens le premier rang dans le sacré vallon ;
Mais le public peut, dans cette matiere,
Avoir meilleur goût qu'Apollon.

THALIE.

Il faut luy donner du courage :
C'est un autheur naissant qu'il faut favoriser.

APOLLON.
Ne m'en pressez pas davantage,
Et laissons au public le soin de l'excuser.

Fin du Prologue.

ACTEURS.

AMASIS, roy d'Egypte.
MYRTIL, amant de Melicerte.
MELICERTE, jeune bergere, amante de Myrtil.
LICARSIS, pastre, crû pere de Myrtil.
CORINE, confidente de Melicerte.
MOPSE, berger, crû oncle de Melicerte.
MENALQUE, amant de Daphné.
TIRENE, amant d'Eroxene.
DAPHNÉ, nimphe.
EROXENE, nimphe.
NICANDRE, berger.
SILVANDRE, satyre.
CLORIS, driade.
TROUPE DE BERGERS DE LA VALLÉE DE TEMPÉ.
TROUPE D'ÉGYPTIENS DE LA SUITE D'AMASIS.

*La scene est en Thessalie, dans la vallée
de Tempé.*

ACTE PREMIER.

SCENE PREMIERE.

MENALQUE, TIRENE, DAPHNÉ, EROXENE.

TIRENE, *à Eroxene.*
Dans les jours precieux de la saison nouvelle,
 N'est-il pas temps de s'enflâmer?
Eroxene, il n'est point de berger plus fidelle,
 Ny qui sçache mieux aimer.
  MENALQUE, *à Daphné.*
J'ai beau dire en tous lieux, c'est à Daphné la belle
 A qui je veux faire ma cour,
C'est en vain que je dis plus de cent fois le jour
 Qu'on ne voit point aux hameaux d'alentour
 D'amant mieux fait, plus digne d'elle :
Lorsque tu fais ainsi la fiere et la crüelle,

J'enrage de ton peu d'amour,
Et de te voir et si jeune et si belle :
Là, là, nous aurons nôtre tour.

TIRENE.

De grace, aprenez-moy, trop crüelle Eroxene,
Quand vous voudrez finir ma peine.

EROXENE.

Quand vous ne serez plus un amant langoureux.

MENALQUE.

Elle a raison. Pour moy, je suis toujours joyeux.
N'est-il pas vray, Daphné, que mon amour fait rire :
Tu m'aimes bien aussi, j'en suis tres-seur.

DAPHNÉ.

Qui? toy

MENALQUE.

Ouy-da moy ; pourquoy non ? Je te jure ma foy
Que je suis fait d'un air à charmer une belle.
La bergere la plus crüelle
Ne sçauroit contre moy tenir un seul moment.

DAPHNÉ.

C'est mentir bien impunément.

MENALQUE.

En vain tu fais la railleuse.
Examinons toutes mes qualitez :
J'ay d'abord une humeur joyeuse
Qui feroit aprés moy courir mille beautez.
Dans l'humide cristal qui baigne ce rivage
Je me mirois l'autre jour.
J'y regardois mes yeux perçans et pleins d'amour ;
Ma taille m'y parut avoir de l'avantage,

Et je me trouvay fait au tour.
Sans faire vanité de mon merite extrême,
    Je te puis assurer icy
Qu'il n'est point dans Tempé de nimphe qui ne m'aime :
    Ergo, tu dois m'aimer aussi.
    Pour moy, je t'aime à la folie,
    Non pourtant à perdre l'esprit.
    Plus de cent fois je te l'ay dit,
    Lorsque je te vois si jolie,
    Par ma foy, tu me fais envie.

DAPHNÉ.

Quoy ! tout de bon ?

MENALQUE.

        Oüy, tout de bon.
Maïs, si tu veux toujours faire ainsi la crüelle,
Tu banniras, je crois, au plûtost la raison
    Que l'on trouvoit dans ma cervelle.
    Ce seroit grand dommage au moins !
    Çà, dites-nous un peu, la belle,
    Est-ce que nous perdrons nos soins ?

DAPHNÉ.

Cela se pourroit bien.

MENALQUE.

    Tu me parois sincere.

DAPHNÉ.

Je dis toujours la verité.

MENALQUE.

Quoy ! nous ne pourrons point vous plaire ?
Nostre amour sera rebuté ?

TIRENE.

Parlez, aimable Eroxene,
Aurez-vous tant de cruauté
Pour vostre fidelle Tirene ?

EROXENE.

Pour Menalque, Daphné, quel est ton sentiment ?

DAPHNÉ.

C'est un fol.

MENALQUE.

Grand-mercy, doux est le compliment.

EROXENE.

Tirene aime trop tendrement.

MENALQUE.

Le grand deffaut !

TIRENE.

Je vous entens, crüelle.
Ce mot luy seul en dit assez ;
Vous ne reverrez plus un berger trop fidelle.
Menalque, allons mourir, nos plaisirs sont passez.

MENALQUE.

Mourir ? Peste ! quelle folie !
Adieu donc, la Nimphe jolie :
Vous posseder, c'est un doux bien ;
Mais, de perdre pour vous la vie,
Par ma foy, je n'en feray rien.

SCENE II.

EROXENE, DAPHNÉ.

DAPHNÉ.
Je respire, m'en voila quitte ;
Mais c'est avoir trop de severité.
Eroxène, Tirene a beaucoup de merite :
D'où vient que son amour est de toy rebuté ?
EROXENE.
Pourquoy Menalque et toute sa tendresse
N'ont-ils pû fléchir ta rigueur ?
DAPHNÉ.
Je ne prétens donner mon cœur
Qu'à quelque amant dont la sagesse
Luy fasse goûter son bonheur.
EROXENE.
En bonne foy, Daphné, dis-le moy, je te prie,
Ton cœur est-il à donner ?
DAPHNÉ.
A donner ! et je suis jolie ;
Fy ! cela ne pourroit jamais se pardonner.
Mais toy, ma chere Eroxene,
Vois-tu donc tout autre berger
Avec le même œil que Tirene ?
Il est certains momens où la plus inhumaine
Se laisse bien-tôt engager.

3.

EROXENE.

A ton avis, crois-tu que je sois insensible ?

DAPHNÉ.

Toy sans amour ? cela n'est pas possible.
Parlons icy de bonne foy :
Chere compagne, nomme-moy
L'heureux choix qu'Amour t'a fait faire.

EROXENE.

J'y consens de tres-grand cœur ;
Mais, à ton tour, du tien ne me fais pas mystere.

DAPHNÉ.

Cela s'entend.

EROXENE.

L'objet de ma plus tendre ardeur,
Qui possede tout mon cœur,
Et qui si tendrement m'engage,
Est... Je ne l'ose dire.

DAPHNÉ.

Ah ! que de badinage !
Tu n'as pas là-dessus raison.
Chere Eroxene, à notre âge
Doit-on faire cette façon ?
Tien, voy si ce portrait te paroît agreable :
Il est d'Athis, ce peintre inimitable,
Et je trouve, pour moy, qu'il ressemble si fort...
Tes yeux le connoistront d'abord.

EROXENE.

Je vay te contenter par une même voye,
Et te payer de pareille monnoye.
Athis, ce peintre si fameux,

Y renferma les traits de l'objet de mes vœux;
    Mais avec cette grace extrême,
    Et ces yeux qui font que je l'aime.

DAPHNÉ, *regardant la boëte de son portrait.*
    La boëte que je tiens icy
    Ressemble fort à celle-cy.

EROXENE, *regardant les deux.*
Il est vray, l'une à l'autre entierement ressemble;
    Il les aura fait faire ensemble.

DAPHNÉ.
Voyons si cet amas des plus vives couleurs
Fera connoistre aux yeux le secret de nos cœurs.

EROXENE.
    Voyons si ce brillant ouvrage
Les fera reconnoistre au défaut du langage.

DAPHNÉ, *ouvrant son portrait.*
    Mais icy tu te broüilles bien,
Au lieu de ton portrait tu m'as donné le mien.

EROXENE.
Je ne sçay pas comment j'ay fait la chose.

DAPHNÉ, *prenant le portrait d'Eroxene.*
Donne, de cette erreur ta réverie est cause.

EROXENE, *ouvrant son portrait.*
    Nous rions toutes deux, je croy.
Tu fais de ces portraits même chose que moy.

DAPHNÉ.
T'auroit-il plû ? Ne veux-tu pas le rendre ?

EROXENE, *regardant ensemble leurs portraits.*
Voicy le vray moyen de ne se plus méprendre.

DAPHNÉ.

Ciel ! quel est mon étonnement !
Myrtil à mes regards s'offre dans cet ouvrage,
Et mes yeux l'ont trouvé charmant.

EROXENE.

De Myrtil dans ces traits je rencontre l'image,
Et je l'aime aussi tendrement.

DAPHNÉ.

Quoy que nous soyons rivales,
Veux-tu suivre mes avis ?
Nos beautez sont assez égales.
Allons nous declarer ensemble à Licarsis
Du tendre amour que nous donne son fils.

EROXENE.

J'ay peine à concevoir, tant ma surprise est forte,
Comme il est né d'un pere de la sorte.
Tout brille en luy, tout enchante les yeux,
Et pour moy je croirois qu'il sort du sang des dieux.
Mais je consens à tout. Allons trouver ce pere ;
Allons-luy de nos cœurs découvrir le mystere,
Et que Myrtil entre nous deux
Décide, par son choix, du combat de nos vœux.

DAPHNÉ.

Soit. Je le vois avec Mopse et Nicandre ;
Ils pourront le quitter, cachons-nous pour attendre.

SCENE III.

LICARSIS, MOPSE, NICANDRE.

NICANDRE.
Dy-nous donc ta nouvelle!
LICARSIS.
Oh! pour la bien conter,
Il ne faut rien précipiter.
MOPSE.
Que de sottes façons, et que de badinage!
Menalque en fait-il davantage,
Quand on le veut faire chanter?
LICARSIS.
Je me veux mettre un peu sur l'homme d'importance,
Joüir pendant un moment
De tout vôtre empressement,
Et vous donner un peu d'impatience.
NICANDRE.
Veux-tu nous fatiguer tous deux?
MOPSE.
Prens-tu quelque plaisir à te rendre fâcheux?
NICANDRE.
Veux-tu nous mettre en colere?
LICARSIS.
Priez-moy donc tous deux de la bonne maniere,

Et dites-moy quel don vous me ferez
Pour obtenir ce que vous desirez.

MOPSE.

Croyez-moy, laissons-le là, Nicandre,
C'est le faire enrager que ne le pas entendre.

NICANDRE.

Voila pour tes sottes façons.

LICARSIS.

Je vay vous le dire.

MOPSE.

Chansons !

LICARSIS.

Vous ne voulez donc pas apprendre ma nouvelle ?

NICANDRE.

Non.

LICARSIS.

Ecoutez.

MOPSE.

Bagatelle !

LICARSIS.

Ne vous tourmentez pas ; hé bien,
Je ne diray donc mot, et vous n'apprendrez rien.

MOPSE.

Soit.

LICARSIS.

Vous ne sçaurez pas qu'avec magnificence
Ce Roy qui voit le Nil sous son obéïssance,
Ce fameux Amasis, de sa haute presence
Doit venir honorer l'agreable Tempé ;
Et qu'à le voir je fus tout occupé,

Hier qu'il vint à Larisse,
A peu prés sur le haut du jour;
Qu'à l'aise je l'y vis avec toute sa cour;
Qu'il n'est rien que n'éblouïsse
Un spectacle si pompeux.
Je regardois de tous mes yeux.
Nos forests vont joüir aujourd'hui de sa veüe,
Et l'on parle sur sa venüe.

NICANDRE.
Nous ne voulons rien sçavoir.

LICARSIS.
Je vis cent choses-là ravissantes à voir.
Ce ne sont que seigneurs, qui des pieds à la teste
Sont parez comme au jour de feste :
Ils surprennent la veüe, et nos prez au printemps
Sont beaucoup moins éclatans.
Pour le prince, entre tous, sans peine on le remarque :
On voit en luy ce grand je ne sçay quoy
Qui fait distinguer un monarque,
Et fait juger d'abord que c'est un maistre Roy.
Sa grâce est, sans mentir, à nulle autre seconde;
Ce qu'il fait charme tout le monde.
On voit que de toutes parts
Toute sa cour s'empresse à chercher ses regards.
Ce sont autour de luy confusions plaisantes,
Et l'on diroit de mouches reluisantes
Qui suivent en tous lieux un doux rayon de miel.
Rien n'est si beau sous le ciel,
Et la feste de Pan, parmy nous si chérie,
Auprés de ce spectacle est une gueuserie;

Mais, puisque vous parlez si bien,
Ma foy, je ne vous diray rien.
NICANDRE.
Nous ne voulons aucunement t'entendre.
LICARSIS.
Et moy, rien du tout vous apprendre.

SCENE IV.

EROXENE, DAPHNÉ, LICARSIS.

LICARSIS.
C'est ainsi qu'on punit les gens
Lorsqu'ils font les impertinens.
DAPHNÉ.
Le Ciel tienne, Pasteur, vos brebis toujours saines !
DAPHNÉ.
Cerés enrichisse vos plaines !
LICARSIS.
Et que Pan, favorable à vos vœux les plus doux,
Vous donne au plûtost un époux !
DAPHNÉ.
Ah ! Licarsis, nos vœux à même but aspirent.
EROXENE.
C'est pour le même objet que nos deux cœurs soupirent.
DAPHNÉ.
Celuy qui cause nos langueurs
A pris chez vous le trait dont il blesse nos cœurs,

EROXENE.
Et nous venons chercher vôtre alliance.
LICARSIS.
Nimphes...

DAPHNÉ.
Pour ce bien seul nous poussons des soupirs.
EROXENE.
Qui de nous deux aura la preference?
DAPHNÉ.
Contenterez-vous nos desirs?
LICARSIS.
Ouy-da.

EROXENE.
C'est librement expliquer sa pensée.
LICARSIS.
Oh! non.

DAPHNÉ.
La bienseance y semble un peu blessée.
LICARSIS.
Pourquoy?

EROXENE.
Mais tel est nôtre feu
Qu'il faut vous en faire un aveu.
LICARSIS.
Je...

DAPHNÉ.
Cette liberté nous peut estre permise,
Et du choix de nos cœurs la beauté l'authorise.
LICARSIS.
C'est m'offencer que me parler ainsi.

4

EROXENE.

N'affectez point de modestie icy.

DAPHNÉ.

Nostre bonheur est en vostre puissance.

EROXENE.

Vous estes seul nostre unique esperance.

DAPHNÉ.

Trouverons-nous en vous quelques difficultez?

EROXENE.

Nos vœux seront-ils rejettez?

LICARSIS.

Non, j'ay l'ame fort peu crüelle.
Je tiens de feu ma femme, et je me sens, comme elle,
Pour le prochain beaucoup d'humanité,
Et je ne suis point homme à garder de fierté,
Sur tout pour deux beautez aimables
Qui me disent des mots qui sont si doucereux.
Ouy, Nimphes, nous serons traitables,
Et, quand vous le voudrez, je rempliray vos vœux.

DAPHNÉ.

Accordez donc Myrtil à nostre amoureux zele.

EROXENE.

Et qu'il regle nostre querelle.

LICARSIS.

Myrtil?

DAPHNÉ.

C'est luy que nous voulons.

EROXENE.

De qui pensez-vous donc qu'icy nous vous parlons?

LICARSIS.

Je ne sçay ; mais il n'est pas dans un âge
Qui soit encor fort propre au mariage.

DAPHNÉ.

Il peut briller à d'autres yeux ;
Il est d'un âge où l'on sçait plaire,
Et peut-être quelque bergere
Pourroit nous enlever un bien si precieux.

EROXENE.

Comme par ses heureux talens,
Son grand esprit et son merite extrême,
Il semble devancer le temps,
Nostre amour veut faire de même.

LICARSIS.

Sans doute il surprend quelquefois,
Et cet Athenien qui fut chez moy vingt mois,
S'étant mis dans la fantaisie
De luy remplir l'esprit de sa philosophie,
L'a rendu tellement profond
Sur de certaines matieres,
Et donné tant de lumieres,
Que, tout grand que je suis, souvent il me confond ;
Mais avec tout cela ce n'est encor qu'enfance,
Tout ce qu'il fait est meslé d'innocence.

DAPHNÉ.

Il n'est point tant enfant qu'à le voir chaque jour
Je ne luy croye un peu d'amour ;
Et plus d'une avanture à mes yeux s'est offerte,
Où j'ay connu qu'il aimoit Melicerte.

LICARSIS.

Belles Nimphes, c'est un abus,
Et je n'y vois nulle apparence.
Pour elle, passe encor : les filles là-dessus
Ont, comme vous savez, assez d'experience;
Mais luy, c'est un jeune éventé;
Le jeu l'occupe tout, je pense,
Et le plaisir de se voir ajusté
Ainsi que les bergers de haute qualité.

DAPHNÉ.

Enfin, par le nœud d'hymenée,
Avec une pareille ardeur,
Nous prétendons l'unir à nostre destinée,
Et nous assurer son cœur.

LICARSIS.

J'en suis ravy plus qu'on ne sçauroit croire.
Je suis un pauvre pastre, et ce m'est trop de gloire
Que deux Nimphes d'un rang le plus haut du païs
Se veüillent faire un époux de mon fils :
Puisqu'il vous plaît, qu'ainsi la chose s'execute,
Il reglera vostre dispute,
Et celle qu'à l'écart laissera cet arrest
Pourra m'épouser, s'il lui plaist.
Enfin c'est à peu près de même,
Nous sommes même sang, et ma tendresse extrême
Fera...

EROXENE.

Vos qualitez ont ébloüy nos yeux.
Vous avez beaucoup de sagesse,
Myrtil a pour luy la jeunesse.

LICARSIS.

Et c'est ce qui vous plaît le mieux?
On aime un printemps agreable,
Mais l'hyver est insupportable.
N'est-il pas vray? Toujours dans la froide saison
Nous trouvons des nimphes crüelles,
Et les tendres faveurs des belles
Ne sont jamais pour un barbon.
Mais j'aperçois Myrtil. Il tient en ce moment
Des fleurs qu'il veut aparemment
Présenter à quelque bergere.
Voila son plaisir ordinaire,
Et c'est là, que je croy, tout son attachement.

SCENE V.

MYRTIL, EROXENE, DAPHNÉ, LICARSIS.

MYRTIL, *tenant un bouquet.*

Brillant amas de nos prairies,
Aimables et jeunes fleurs,
Ne vous offensez pas si je vous ay cueillies;
Mais redoublez l'éclat de vos couleurs.
Ne regrettez point vostre perte,
Vostre bonheur fera mille jaloux;
Et vous le trouverez trop doux,
Quand vous serez auprés de Melicerte:

4.

Elle vous tiendra dans sa main,
Et de vous mettre auprés de son beau sein
Elle vous fera la grace;
Est-il un destin plus charmant?
Et qui des rois, helas! dans cet heureux moment
Ne voudroit être en vôtre place?

LICARSIS.

Hola! quittons ce vain amusement,
Parlons icy plus serieusement.
Ces deux Nimphes, Myrtil, à la fois te prétendent,
Et pour époux te demandent.
Je dois t'engager à leurs vœux
Par le saint nœud de l'hymenée;
C'est à toy, dans cette journée,
A choisir une des deux.

MYRTIL.

Ces Nimphes?

LICARSIS.

Oüy, des deux tu peux en choisir une;
Voy, Myrtil, quelle est ta fortune.

MYRTIL.

Ce choix qui m'est offert peut-il m'estre un bonheur,
S'il n'est pas le choix de mon cœur?

LICARSIS.

Enfin, que sans se confondre
On songe à leur bien répondre.
Ah! vraiment, le beau garçon,
Vous nous donnez d'une bonne raison.

EROXENE.

Malgré cette fierté si natürelle aux belles,

Et qui règne parmy nous,
Deux Nimphes, cher Myrtil, viennent s'offrir à vous,
Et veulent vous lier de chaînes éternelles.

MYRTIL.

Ge choix qui me comble d'honneur,
Nimphes, s'oppose à vostre attente,
Et semble prescrire à mon cœur
De ne répondre pas à la gloire éclatante
Dont prétendoient m'honorer vos bontez ;
Le moyen de choisir de deux jeunes beautez,
Dont l'une et l'autre est toute aimable,
Et sur qui l'amour favorable
Versa de rares qualitez !
Rejetter l'une ou l'autre est un crime effroyable ;
L'une par mon refus se croiroit miserable
De voir mépriser ses beaux yeux,
Et les refuser toutes deux
Est l'avis le plus raisonnable.

DAPHNÉ.

Puisque nous voulons bien entendre,
Et souscrire à vostre arrest,
Myrtil, décidez, s'il vous plaît.
Ces raisons ne font rien à vouloir s'en deffendre.

MYRTIL.

Hé bien, si ces raisons ne vous satisfont pas,
Celle-cy le fera, je gage.
Je brûle pour d'autres appas,
Et je sens bien qu'un cœur qu'un bel objet engage,
S'il aime bien, ne s'éblouïra pas
Du plus brillant avantage.

LICARSIS.

Hé! comment donc? qui l'eût pû présumer?
Et sçavez-vous, morveux, ce que c'est que d'aimer?

MYRTIL.

Sans sçavoir ce que c'est, mon père,
Mon tendre cœur a sçû le faire.

LICARSIS.

Mais cet amour est de moy condamné.
A peine vous êtes né,
Et vous voulez déjà plaire!

MYRTIL.

Vous ne deviez donc pas, en me donnant le jour,
Me faire un cœur propre à l'amour.

LICARSIS.

Mais ce cœur que j'ay fait me doit obéïssance.

MYRTIL.

Oüy, lorsqu'il est en sa puissance.

LICARSIS.

Mais il ne falloit point se laisser enflâmer;
Car enfin, sans l'aveu d'un pere,
Ce cœur ne devoit point aimer.

MYRTIL.

Que n'empêchiez-vous donc que l'on le pût charmer,
Et que l'on sçût trop luy plaire?

LICARSIS.

Hé bien, coquin, je vous deffens
Que vostre amour continüe.

MYRTIL.

Vous y perdrez vostre temps;
La deffense, j'ay peur, sera trop tard venüe.

LICARSIS.

Quoy! les peres n'ont pas des droits superieurs?

MYRTIL.

Les Dieux, qui sont maistres de nostre vie,
Ne forcent jamais les cœurs.

LICARSIS.

Les Dieux... Paix! petit sot, cette philosophie
Me...

DAPHNÉ.

Sans courroux, je vous prie,
Peut-on sçavoir de vous cet objet si charmant
Pour qui, Myrtil, vostre jeune ame
Ressent une si belle flâme,
Et dont vous estes amant?

MYRTIL.

Melicerte, Madame; elle en peut faire d'autres.

EROXENE.

Vous comparez ses qualitez aux nostres :
Vous avez le goût bon vraiment!
Répond-elle à vostre tendresse?
Ah! je n'en doute point, on est tendre maistresse,
Lorsque l'on fait un tel amant.
Il est vray, pour tout agrément
Elle a l'éclat de la jeunesse :
Le choix d'elle et de nous est assez inégal.

MYRTIL.

Au nom des Dieux, n'en dites point de mal.

Excusez un amour extrême,
Et ne me jettez point dans l'embarras fatal
De laisser outrager la bergere que j'aime.
Tournez plûtost contre moy-même
Toute la fureur de vos traits.
Elle n'a point de part au crime que je fais,
Épargnez son innocence.
C'est de moy seul que vient toute l'offence.
Il est vray, d'elle à vous je sçay la difference ;
Mais enfin malgré soy l'on se trouve enchaîné ;
L'amour vient sans qu'on y pense,
Et je sens bien enfin que le Ciel m'a donné
Pour vous tout le respect, Nimphes, imaginable,
Pour elle tout l'amour dont une ame est capable :
Vers elle, malgré moy, je me sens entraîné.
Si vous eussiez pû les premieres
Assujettir ce cœur à vos divins appas,
Vous eussiez esté les dernieres,
Et pour d'autres attraits je ne brûlerois pas.
Je vois, à la rougeur qui vient de vous saisir,
Que ces discours trop sinceres
Ne vous ont pas fait de plaisir ;
Si vous parlez, j'apprehende d'entendre
Ce qui peut me toucher par l'endroit le plus tendre,
Et, pour me dérober à de semblables coups,
Il vaut mieux prendre congé de vous.

LICARSIS.

Veux-tu donc revenir, traître ?
Ne vous effrayez point de tous ces vains transports

Qu'il vient de faire paroistre,
On verra lequel est le maistre ;
Vous l'aurez pour époux, j'en répons corps pour corps.

Fin du Premier Acte.

PREMIER INTERMEDE.

MYRTIL ENTRE SUR LE THEATRE AVEC UNE
TROUPE DE JEUNES BERGERS ET DE JEUNES
BERGERES.

MYRTIL, *aux bergers.*
Charmans bergers, agreable jeunesse,
Vous dont l'empressement prévient tous mes desirs,
Vous connoissez l'objet de ma tendresse,
Unissez-vous pour ses plaisirs :
Pour divertir cette aimable bergere,
Voyez, bergers, ce que vous pourrez faire.
Que vos tendres chansons expriment mes soûpirs.
Je ne sçaurois icy l'attendre :
Il est certaines gens, que je viens de quitter,
Qui peut-être avec vous pourroient bien me surprendre,
Et pour raison je veux les éviter.

Je vous quitte à regret ; mais vous devez m'entendre,
Et je vous laisse ensemble concerter.

Aprés que Myrtil s'est retiré, trois jeunes ber-
gers et trois jeunes bergeres dansent au son
d'un air champestre. Aprés cet air, Hylas et
Doris viennent chanter ces paroles :

DORIS.
Célébrons les attraits vainqueurs
D'une bergere aussi tendre que belle.

HYLAS.
Chantons les constantes ardeurs
De son berger fidelle.

DORIS.
Unis sous les mêmes chaînes...

HYLAS.
Ils forment les mêmes desirs.

ENSEMBLE.
Et, si l'amour leur cause quelques peines,
Ils sçavent profiter de ses plus doux plaisirs.

SECONDE ENTRÉE

De trois jeunes bergers et trois jeunes bergeres.

Aprés cette entrée, HYLAS *chante.*

Sur ces costeaux, sur la fougeré,
Je chante chaque jour :
Qu'il est doux d'aimer et de plaire !
Je parle sans cesse d'amour
Pour l'inspirer à ma bergere.

DORIS.

Je crains un engagement.
L'amour cause toujours quelque peine secrette ;
  Mais, cependant, il me paroist charmant,
  Quand je l'entens sur ta musette.

(La même bergere danse avec un jeune berger.)

Aprés cette entrée, HYLAS *chante ces paroles :*

Il est un temps,
  Quand on est belle,
Il est un temps
Pour les amans.
La saison nouvelle
Revient tous les ans ;
Mais heureux le printemps
Qui produit un berger fidelle.

ENTRÉE *d'un berger et d'une bergere.*

ENTRÉE *d'une bergere seule.*

Aprés ces entrées, HYLAS *et* DORIS *chantent ensemble.*

Que nostre ardeur soit extrême :
Imitons ces amans heureux.

DORIS.

Myrtil est constant dans ses feux.

HYLAS.

Je seray de même.
Melicerte répond à l'ardeur de ses vœux.

DORIS.

J'aimeray comme elle aime.

ENSEMBLE.
Que nostre ardeur soit extrême !
Imitons ces amans heureux.

Ce premier intermede finit par une entrée generale des bergers et des bergeres.

ACTE II.

—

SCENE PREMIERE.

MELICERTE, CORINE.

MELICERTE.

Ah! Corine, tu viens de l'apprendre de Stelle,
  Et Licarsis en a dit la nouvelle?

CORINE.

Oüy, vous l'avez deviné.

MELICERTE.

Et que les qualitez dont Myrtil est orné,
Dans le cœur d'Eroxene et celuy de Daphné,
  Inspirent une ardeur si grande
  Qu'elles en ont fait la demande?

CORINE.

Oüy.

MELICERTE.

Que dans ce debat elles ont le dessein,
Eprises toutes deux d'une même tendresse,
Malgré toute sa jeunesse,
De s'unir à son destin ?
Ah! que ces mots ont peine à sortir de ta bouche!

CORINE.

Et vous redites tout, comme je l'ay conté.

MELICERTE.

Pour peu que mon soucy te touche,
Corine, encore un coup, dis-moy la verité :
De quel œil Licarsis reçoit-il cette affaire?

CORINE.

Comme un honneur qui doit beaucoup luy plaire.

MELICERTE.

Et quoy! tu sçais mon ardeur,
Tu sçais que ce discours m'accable,
Et, loin de m'estre pitoyable,
Avec ce mot, helas! tu me perces le cœur!

CORINE.

Comment!

MELICERTE.

Ah! quelle indifference!
Ne crains-tu point de me desesperer,
Quand tu me dis avec tant d'assurance
Qu'on pourra bien les preferer?

CORINE.

Je vous répons, et dis ce que je pense.

MELICERTE.

Mais dis, quels sentimens Myrtil a-t-il fait voir?

CORINE.

Je ne sçais.

MELICERTE.

Et c'est là ce qu'il falloit sçavoir,
Cruelle.

CORINE.

En verité je ne sçay comment faire,
Puisque c'est toujours vous déplaire
Que de dire la verité.

MELICERTE.

Va-t-en, laisse-moy seule, en cette solitude,
Déplorer de mon sort la triste cruauté.
Mon cœur, de transports agité,
Cherche à s'abandonner à son inquietude.

SCENE II.

MELICERTE SEULE.

Vous le sentez, mon cœur, ce que c'est que d'aimer.
Belise, avant sa destinée,
Prenoit soin de m'en informer,
Lorsque sur le bord du Penée :
« Ma fille, disoit-elle, amour aux jeunes cœurs
N'offre que choses agreables;
Mais, helas! souviens-toy que ses fausses douceurs
Ne sont jamais sans troubles effroyables.

C'est un serpent caché dessous les fleurs,
  Qui cause des maux redoutables.
  Veux-tu passer tes jours en paix?
  Fuis l'amour, évite ses traits. »
Belles leçons, si je l'en avois crûe,
  Quand Myrtil s'offroit à ma veüe;
Mais ce berger me rendoit-il des soins,
Paroit-il mon troupeau des plus belles guirlandes,
Vous ne pouviez, mon cœur, refuser ses offrandes;
  Il eût fallu vous y plaire un peu moins,
  Pour ne point voir la cruelle disgrace
  Dont en ce jour le Destin nous menace...
  Enfin, vous y voila reduit.
Ah! mon cœur! ah! mon cœur! je vous l'avois bien dit.
Mais cachons, s'il se peut, le chagrin qui m'inspire,
Voicy...

SCENE III.

MYRTIL, MELICERTE.

MYRTIL, *tenant un bouquet dans sa main.*
J'ay, ce matin, surpris Flore et Zephire,
Qui tous les deux mesloient à la beauté des fleurs
  L'éclat des plus vives couleurs.
Zephire en parfumoit le sein de sa deesse,
Et Flore répondoit à des transports si doux.
« Ah! Zephire, ay-je dit dans l'ardeur qui me presse,

Que je serois heureux si j'estois comme vous!
    Je cherche de même à plaire,
  Je brûle des mêmes ardeurs,
  Et je vous demande des fleurs
  Pour mon adorable bergere. »
  Sans davantage consulter
  Et sans me le faire redire,
  Il a daigné me contenter;
  Et c'est de la part de Zephire
  Que j'ose vous les presenter.
Je sçay bien que selon vôtre rare merite
    L'offrande paroistra petite;
Mais vous sçavez aussi que les Divinitez,
Qui regardent le cœur, et non pas les richesses,
  Donnent aux seules volontez
  Le prix des plus grandes largesses...
  Mais, Ciel! quel funeste chagrin
  Vous tient dans un morne silence?
Vous redoublez ma peine et mon impatience...
  Dans vôtre troupeau, ce matin,
  Apercevez-vous quelque perte?
De grace, répondez, ma chere Melicerte,
Qu'est-ce donc?

MELICERTE.

Ce n'est rien.

MYRTIL.

      Ce n'est rien, dites-vous,
  Et vos beaux yeux couverts de larmes
Peuvent-ils me cacher qu'ils ressentent les coups
  De quelques secretes allarmes?

Ah! ne me faites point un secret dont je meurs!
De grace, épargnez ma tendresse;
En vain vous me cachez la douleur qui vous presse,
Expliquez-moy ce que disent ces pleurs.

MELICERTE.

Rien ne me serviroit de vous les faire entendre.

MYRTIL.

Devez-vous rien avoir que je ne doive apprendre?
Et n'est-ce pas aujourd'huy
Offenser mon ardeur sincere
Que de m'en faire un mystere
Et me voler la part de vôtre ennuy?
Ah! ne le cachez point à l'ardeur qui m'inspire...

MELICERTE.

Hé bien, Myrtil, il faut donc vous le dire.
J'ai sçu que, par un choix plein de gloire pour vous,
Et qui cause seul ma tristesse,
Eroxene et Daphné vous veulent pour époux;
Je ne veux point icy vous cacher ma foiblesse ;
Mon cœur, je vous l'avoüe, auroit esté jaloux
De voir à leur juste tendresse
Obtenir un bonheur si doux.
J'accusois ma destinée,
Je me plaignois de sa barbare loy,
De voir en cette journée
Preferer ces Nimphes à moy.

MYRTIL.

Et vous pouvez l'avoir, cette injuste tristesse?
Vous pouvez soupçonner mon cœur
D'avoir assez de foiblesse

Pour consentir à leur bonheur?
Qui? moy, j'accepterois une autre main offerte?
    Moy, qui vous aime, helas! si tendrement!
Hé! que vous ay-je fait, cruelle Melicerte,
Pour faire de mes feux un pareil jugement?
Quoi! vous pouvez avoir là-dessus quelque crainte?
        Ciel! faut-il me voir, en ce jour,
        Avec une si tendre amour,
        Souffrir une si dure atteinte!
Que me sert-il d'aimer comme je fais, helas!
        Si vostre cœur ne me croit pas?

MELICERTE.

Je pourrois moins, Myrtil, redouter ces rivales,
        Si les choses étoient égales;
Mais leur rang et leurs biens me font désesperer
De pouvoir...

MYRTIL.

        Vos attraits vous feront preferer.
Je vous aime, il suffit, et dans vostre personne
Je vois rang, biens, tresors, Etats, sceptre, couronne;
Et, du plus grand des rois m'offrist-on le pouvoir,
J'accepterois plûtost le bien de vous avoir.
    Mon amour est sincere et pure :
Croyez-en les sermens que vous en fait mon cœur;
C'est pour luy, Melicerte, une sensible injure
        Que de douter de son ardeur.

MELICERTE.

        Auprés de ces Nimphes si belles,
        Vos vœux ne sont point ébranlez,
        Et vous m'aimez cent fois plus qu'elles.

Je vous croiray, Myrtil, puisque vous le voulez.
    Ouy, je croy vostre cœur sincere,
    Du tendre amour il suit les loix;
    Mais, Myrtil, c'est à vostre pere
    De faire là-dessus un choix.
  Ainsi qu'à vous je ne luy suis pas chere,
Pour preferer à tout une simple bergere.
        MYRTIL.
Non, belle Melicerte, il n'est pere ny Dieux,
Maistresse de mon cœur aussi bien que vous l'estes,
Qui puissent me forcer à quitter vos beaux yeux.
        MELICERTE.
Ah! Myrtil, prenez garde à ce qu'icy vous faites,
    Epargnez à mon tendre cœur
    Un espoir si plein de douceur.
Si vostre amour cessoit comme un éclair qui passe,
    Jugez, Myrtil, de ma disgrace,
    Et quelle seroit ma douleur!
        MYRTIL.
Que vous vous faites tort par de telles allarmes!
  Connoissez mieux le pouvoir de vos charmes,
Et, sans que des sermens j'emprunte le secours,
Melicerte croira que j'aime pour toûjours.
  Recevez-en la foy que je vous donne,
  Mon tendre cœur à l'amour s'abandonne:
    J'en jure par vos beaux yeux,
Et croy dire bien plus qu'en attestant les Dieux;
  Souffrez que, plein de ma tendresse
    Et de mon ravissement,
  Je jure à ma belle maistresse

De l'aimer éternellement,
Et que sur cette main j'en signe le serment.
MELICERTE.
Ah ! levez-vous, de peur qu'on ne vous voye.
MYRTIL, *aux genoux de Melicerte et luy baisant*
les mains.
Est-il rien... Mais, ô Ciel ! on vient troubler ma joye.

SCENE IV.

MELICERTE, LICARSIS, MYRTIL.

LICARSIS.
Ne vous contraignez pas pour moy.
MELICERTE, *à part.*
Quel sort fâcheux !
LICARSIS.
Peste ! mon petit-fils, vous avez le cœur tendre.
Que vous en sçavez long ! De grace, qui des deux
    A l'autre en a pû tant apprendre ?
    Hé ! sont-ce là vos petits jeux ?
    Pour vous, dites-moy, je vous prie,
  Ce vieux sçavant qu'Athenes exila
  Vous a-t-il donc, dans sa philosophie,
    Apris toutes ces choses-là ?
Et vous qui luy donnez de si douce maniere
Vostre main à baiser, la' gentille bergere,

L'honneur vous apprend-il, par ces belles douceurs,
A débaucher ainsi les jeunes cœurs?

MYRTIL.

Ah ! quittez de ces mots l'outrageante bassesse,
Et finissez un discours qui la blesse.

LICARSIS.

Je veux luy parler, moy. Toutes ces amitiez...

MYRTIL.

A du respect pour vous la naissance m'engage,
Mais je ne puis souffrir un si sensible outrage,
Ny que vous la maltraitiez.
De grace, ayez moins d'injustice,
Ou si, contre mes tendres vœux,
Vous luy dites encor le moindre mot fâcheux,
Je vais avec ce fer me chercher un suplice,
Et par mon sang versé luy marquer promptement
Le désaveu de vostre emportement.

MELICERTE.

Non, non, ne croyez pas qu'avec art je l'enflâme.
Je puis vous assurer, s'il me veut quelque bien,
Que je ne l'y force en rien,
Et ne suis pas pour seduire son ame.
Ce n'est pas cependant que je veüille cacher
L'ardeur dont je n'ay pû ny voulu me deffendre.
Ce berger a sçu me toucher,
Il est aimable, et je suis tendre,
Je l'aime autant qu'on peut aimer;
Mais cela ne doit point du tout vous alarmer.
Je vous promets d'éviter sa presence,
De ne point m'opposer à son obéïssance,

De faire place au choix où vous vous resoudrez,
Et ne le voir que quand vous le voudrez.
     Adieu...

SCENE V.

LICARSIS, MYRTIL.

MYRTIL.
Vostre ame est satisfaite;
Mais aprenez qu'en vain vous vous réjoüissez,
Et que, malgré sa retraite,
Vous n'estes pas encore où vous pensez;
Avec vos soins, avec vôtre puissance,
Vous ne gagnerez rien sur ma perseverance.
LICARSIS.
A quel orgueil vous vois-je aller?
Qu'est-ce donc que je viens d'entendre?
Ah! je sçauray bien vous apprendre
Si c'est ainsi, fripon, que l'on me doit parler.
MYRTIL.
Oüy, j'ay tort, il est vray, mon discours n'est pas sage;
Mais, mon pere, au nom des Dieux,
Excusez les transports de l'âge;
Ayez pitié des pleurs qui coulent de mes yeux.
Pour rentrer au devoir je change de langage:
Le jour est un present que j'ay reçû de vous;

Mais, mon cher pere, helas! dans cette conjoncture,
Vous pouvez m'en faire un plus doux,
Et ne vous point servir des droits de la nature.
Melicerte fait mon bonheur;
L'aimer est ma plus forte envie:
Que d'un peu de pitié vostre ame soit saisie!
De grace, laissez-moy son cœur,
Ou bien arrachez-moy la vie.

LICARSIS, *à part.*

A sa douleur il me fait prendre part.
Ciel! quels transports! quels discours pour son âge!
Qui l'auroit jamais crû de ce petit pendart?
Je sens que son amour m'engage.

MYRTIL.

Voulez-vous me voir mourir?
Vous n'avez qu'à parler, je suis prêt d'obéïr.

LICARSIS, *à part.*

Il vient de m'arracher des larmes,
Et ses discours me font rendre les armes.

MYRTIL, *se jettant aux pieds de Licarsis.*

Que si dans vostre cœur un reste d'amitié
Emeut un peu vostre pitié,
Accordez, je vous supplie,
Cette naissante beauté
A mon amoureuse envie,
Et j'obtiendrai de vous bien plus que la clarté.

LICARSIS.

Oüy, je sens que pour toy la pitié me convie.
Leve-toy.

MYRTIL.
Serez-vous sensible à mes soûpirs ?
LICARSIS.
Oüy.

MYRTIL.
J'obtiendray de vous l'objet de mes desirs ?
LICARSIS.
Oüy.

MYRTIL.
Vous ferez que son oncle l'oblige
A me donner la main ?
LICARSIS.
Oüy, leve-toy, te dis-je.
MYRTIL.
Que je baise vos mains après tant de bonté !
LICARSIS, *regardant Myrtil.*
Ah ! que pour ses enfans un pere a de foiblesse !
MYRTIL.
Vous êtes le meilleur qui jamais ait esté.
LICARSIS.
Peut-on manquer de tendresse,
Quand des mouvemens si doux
Nous font ressouvenir que cela est de nous ?
Etrange effet de la nature !
Je vay voir Mopse, et luy faire ouverture
De l'amour que sa niece et toy vous vous portez.
MYRTIL.
Quelle bonne nouvelle à dire à Melicerte !
Qu'elle sera sensible à vos bontez !
Je n'accepterois pas une couronne offerte

Pour le plaisir que j'ay de courir luy porter
Ce merveilleux succés qui doit la contenter.

SCENE VI.

TIRENE, MENALQUE, MYRTIL.

TIRENE.
Ah! Myrtil, vous avez des charmes
Dont le naissant éclat, fatal à nos ardeurs,
Prépare à nos tendres cœurs
De tristes sujets de larmes.
MÉNALQUE,
De larmes? bon pour toy, mais, pour moy, je m'en ris.
Que Daphné soit douce ou cruelle,
Qu'à ce jeune berger elle donne le prix
Que meritoit mon cœur tendre et fidelle,
Pour moy, je m'en soucie autant que de cela ;
Elle ne m'aime pas, je la planteray là,
Et j'en riray mesme avec elle.
Vouloir estre amant constant,
Je tiens que c'est pure sottise ;
Quand une belle vous méprise,
Berger, il en faut faire autant.
Ecoûte-moy. Jadis deffunt mon pere
Aima bien jadis feu ma mere ;
Il brûloit pour ses doux appas,

Et ma mere ne l'aimoit pas.
Que fit mon pere? Il fit en homme sage :
Au lieu de fléchir ses rigueurs,
Il fit semblant de s'engager ailleurs,
Il disoit de ma mere et la peste et la rage.
Oh! c'estoit là le vray moyen
De changer son humeur sauvage ;
Aussi s'apperçût-elle bien
Qu'elle ne tenoit plus rien :
Alors elle devint moins farouche et crüelle.
Mon pere, pour se mieux vanger,
Tout exprés fit devant elle
Sa cour à quelque autre belle
(Ce qui la fit bien enrager).
A la fin, ma deffunte mere
Eut l'amour que pour elle avoit deffunt mon pere,
Et, l'hymen les ayant unis...
Elle fut grosse, et mit au monde un fils.
Voy là-dessus ce que doit faire
Un amant qui se voit des belles rebuté.
Les femmes n'ont, ma foy! pas plus de cruauté
Qu'en eut à la fin ma mere ;
Mais parlons icy d'autre affaire.
Myrtil, tu vois comme il est mal-traité?
Ne plains-tu pas ce miserable?
Il est quasi desesperé.
De mépris sa Nimphe l'accable ;
Voy comme il est défiguré.
Ce n'est plus ce berger alaigre
Qui faisoit l'ame des repas ;

6.

Il est tout pasle, il est tout maigre...
Vive l'amour, quand il est gras!
TIRENE.
Peut-on sçavoir, Myrtil, vers qui de ces deux belles
Pourra tourner le choix de vostre cœur?
MYRTIL.
Quittez ces frayeurs mortelles.
Je ne troubleray point vostre amoureuse ardeur,
Pour Melicerte je soûpire,
Et c'est cet objet tout charmant
Qui fait le bonheur où j'aspire.
TIRENE.
Est-il bien vray, Myrtil? Ah! quel ravissement!
Vous n'aimez point mon aimable Eroxene?
MYRTIL.
Non, trop malheureux Tirene,
Croyez que je vous parle icy sincerement.

SCENE VII.

TIRENE, MENALQUE, MYRTIL, CORINE.

CORINE.
Sçavez-vous en quel lieu Melicerte est cachée?
MYRTIL.
Et pourquoy? de quel soin vostre esprit agité...

CORINE.

En diligence elle est par tout cherchée,
Et nous allons perdre cette beauté.
Amasis s'est pour elle en ces lieux transporté;
On dit mesme qu'il la marie.

MYRTIL.

O Giel! expliquez-moy ce discours, je vous prie.

CORINE.

Ce sont des incidens grands et mysterieux.
Ce roy vient pour elle en ces lieux :
Car autrefois feu Belise, sa mere,
Dont on croyoit Mopse le frere...
Mais en causant icy je ne la cherche pas,
Et je me fais attendre, à ce que j'imagine.
Tantost je reviendray vous tirer d'embarras...
Adieu, jusqu'au revoir.

MYRTIL.

Hé! Corine, Corine!

SCENE VIII.

TIRENE, MENALQUE, SILVANDRE.

TIRENE.

Allons, Berger, suivons aussi leurs pas.

SILVANDRE, *chantant derriere le theatre.*
Quand une belle est inconstante,
Amans, consolez-vous.
MENALQUE.
C'est Silvandre qui chante.
TIRENE.
Oüy, c'est luy-même ; il vient à nous.
SILVANDRE, *yvre.*
Bonjour, Bergers.
MENALQUE.
L'agreable Silvandre
Nous faisoit plaisir à l'entendre.
Jamais triste, toûjours content,
Toûjours dançant, toûjours chantant.
SILVANDRE.
Toûjours beuvant, amis; c'est le plus necessaire.
Bachus fait mon plus doux destin.
(*Il chante les deux vers suivans.*)
Avant que de chanter une belle bergere,
Je veux toûjours chanter le vin.
(*Il boit aprés avoir chanté.*)
MENALQUE.
Mais à propos, Silvandre le volage,
Aujourd'huy, sans Cloris, peut chanter dans ces bois.
SILVANDRE.
J'aime deux belles à la fois :
Cloris pour sa douce voix,
Une autre pour son beau visage.
L'inconstance est mon partage,
Et mes plaisirs en sont plus doux.

TIRENE.

Silvandre sçait-il, comme nous,
Qu'Amasis est dans ce boccage?

SILVANDRE.

Qu'il s'y tienne.

TIRENE.

Comment! quelle extrême froideur

SILVANDRE.

Je ne puis l'y voir de bon cœur.
J'aimois secretement la jeune Melicerte,
Il la marie...

MENALQUE.

Hé bien?

SILVANDRE.

Il peut la marier.

(*Il chante les deux vers suivans.*)

Je sçauray reparer ma perte;
C'est une ingrate, et je veux l'oublier.

(*Il boit aprés avoir chanté.*)

MENALQUE.

C'est le party que nous avons à prendre.
Mais c'est trop s'arrester; jusqu'au revoir, Silvandre.

Fin du Second Acte.

———

SECOND INTERMEDE.

SILVANDRE, CLORIS.

SILVANDRE.

Viens me vanger, Dieu de la treille...
(*Cloris surprend Silvandre en beuvant.*)

CLORIS.

C'est donc ainsi que tu penses à moy?

SILVANDRE.

Tu m'y surprens, Cloris; mais tien, de bonne foy,
Je disois à ma bouteille
Mille douceurs qui n'estoient que pour toy.

CLORIS.

Tu n'as de l'amour que pour elle,
Et je sçais que Bachus fait ton plus doux destin.

SILVANDRE.

Pour s'enyvrer soir et matin,
On n'en est pas moins fidelle,
Et les yeux d'un amant, animez par le vin,
Font trouver quelquefois la maîtresse plus belle.

CLORIS.

Quand nous chantons ensemble dans ces bois,
Ne me trouves-tu pas charmante,
Dis, Silvandre?

SILVANDRE.

Oüy-da, ta voix est engageante ;
Mais un satyre quelquefois
N'est pas toujours d'humeur si patiente
Pour se contenter de la voix.

CLORIS.

Les plaisirs les plus doux deviendront ton partage
Si tu veux vivre sous ma loy ;
Mäis, pour avoir cet avantage,
Il faut aussi n'aimer que moy.

SILVANDRE.

Je t'aime tout de bon, Cloris, tu me peux croire,
Et je te donne icy ma foy
Que, quand je ne pourray plus boire,
Je reviendray toujours à toy.

CLORIS.

Je ne veux point de ce partage.
Si c'est ainsi, n'en parlons plus ;
Ou, si tu veux m'aimer, il faut quitter Bachus.

SILVANDRE.

Quitter Bachus ! Ah ! quel langage !
Tien, ma pauvre Cloris, je connois mon humeur,
Je n'aurois jamais ce courage.

CLORIS, *s'en allant.*

Va, je sçauray garder mon cœur.

SILVANDRE.

Et moy, le mien. S'il a quelque tendresse,
C'est pour l'aimable dieu du vin.

(Il boit.)

Lorsque je pers une maîtresse,

C'est ainsi que j'ay du chagrin ;
Jouissons d'un repos tranquile.
Amour, toy qui brillois autrefois dans mes yeux,
C'est à Bachus d'y trouver un azile.
C'est au sommeil de regner en ces lieux.

*Silvandre, accablé de vin et de sommeil, se couche
sur un lit de gazon. Pendant qu'il dort, sept autres
Satyres entrent sur la scene.*

ENTRÉE DE SATYRES.

Un Satyre *chante en tourmentant Silvandre.*

Pour voir la feste qu'on prepare,
Silvandre est si peu curieux ?
Nos bergers forment des jeux,
Chaque bergere se pare.
Allons, Silvandre, ouvre les yeux.

Silvandre, *à demy endormy, croyant que c'est
une bergere qui le caresse, dit au Satyre :*

Laisse-moy là, Cloris, va, je ne suis plus tendre.

Le Satyre, *le tourmentant toûjours.*

Connois ton aveuglement.

(*Le Satyre réveille avec violence Silvandre.*)
Silvandre, *l'apercevant, chante.*

Quels difformes attraits, Cloris!.. quel changement!
Le Satyre.
Reprens ta raison, Silvandre.

SILVANDRE.

Et comment la reprendre?
Quand l'amour dans mon cœur a glissé son poison
Et que Bachus vient me surprendre,
Tu veux me parler de raison?
Et comment la reprendre?

(Ils chantent ensemble en se versant du vin l'un à l'autre :)

Coulons tranquilement le reste de nos jours,
Faisons-nous une douce vie :
C'est être sage toujours
De faire choix d'une heureuse folie.

(Les deux Satyres versent du vin aux autres qui dansent une entrée grotesque, et deux entr-autres, plus animez des fureurs du vin, expriment par leurs pas tout ce que cette passion peut produire sur nous.)

LE SATYRE.

Pour voir les jeux que l'on apreste,
Marchons sans differer.

SILVANDRE.

Oüy, je suis assez gay pour danser à la feste
Que nos bergers vont celebrer.

ACTE III.

SCENE PREMIERE.

LICARSIS, MOPSE.

MOPSE.

Nul ne peut nous entendre, et nous voila tous deux :
Il n'est plus question de garder le silence.
   Çà, quel est donc ce secret d'importance ?

LICARSIS.

A force de joüer à mille petits jeux,
   Myrtil et ta charmante niece
Ressentent de l'amour les plus aimables feux :
Tu sçais qu'il l'appelloit sa petite maîtresse,
Elle appelloit Myrtil son petit amoureux,
   Avec plaisir ils se voyoient tous deux ;
Ils badinoient alors, ce n'estoit que jeunesse :
   L'amour s'est meslé de leurs jeux,

Et ce n'est plus un badinage !
Myrtil soûpire tout de bon ;
Ma foy, sans faire de façon,
Mopse, crois-moy, faisons ce mariage.
Les voila tous les deux dans leur belle saison ;
Ils feront, que je pense, un bon petit ménage.

MOPSE.

Tu n'y penses pas, Licarsis,
Et tu n'es pas là-dessus raisonnable.
Il est vray, j'en conviens, Myrtil est tres-aimable
Mais ma niece ne peut être unie à ton fils.

LICARSIS.

Et par quelle raison ? Feu Belise, sa mere,
N'estoit pas plus noble que nous.
Elle estoit simple bergere,
Et toy qui fus jadis son frere,
Toy berger, nous le sommes tous.

MOPSE.

Mais si cette aimable niece,
Qu'à Myrtil je ne veux ny ne puis accorder,
Estoit une grande princesse,
Que diroit Licarsis?

LICARSIS.

Que Mopse, plein d'adresse,
Voudroit m'en donner à garder.

MOPSE.

Tu sçais bien qu'Apriez possedoit la couronne
De ces heureux climats arrosez par le Nil?

LICARSIS.

Mais tout cela ne fait rien à Myrtil.

MOPSE.

Et, si ta memoire est bonne,
Tu sçais bien qu'Amasis, heureux usurpateur,
Par ses complots secrets luy sçût ravir le trône;
Qu'Apriez en mourut de honte et de douleur.
La victoire en ce jour ne fut point incertaine;
Amasis fut heureux vainqueur.
On sauva cependant de sa noire fureur
Et la malheureuse reine,
Et Sesostris, le jeune successeur.
Pour le mieux mettre à couvert de l'orage,
La reine vint dans ce boccage.
Elle se plût dans ce charmant sejour.
Avant que d'usurper le trône
Et se saisir de la couronne,
Amasis avoit pris un violent amour
Pour une jeune princesse
Pour qui la reine avoit une forte tendresse :
Il sçut si bien faire sa cour
Et plaire aux yeux de cette belle,
Que l'hymen les unit un jour.

LICARSIS.

Voila le bon de ta nouvelle;
Mais finis donc, je me lasse, à la fin,
De t'entendre jaser sans cesse.

MOPSE.

Pour la reine elle avoit conçu tant de tendresse
Qu'elle voulut s'unir à son destin :
Ladice estoit son nom ; elle devint bergere.
Lorsqu'elle arriva dans Tempé,

Ladice m'appella son frere,
Et tout le monde y fut trompé.
Elle changea de nom et s'appella Belise;
Mais, peu de temps aprés, nous fûmes tous saisis
D'une agreable surprise :
Du tendre hymen du puissant Amasis
Ayant des marques de tendresse,
Elle accoucha d'une aimable princesse
(Heureux gage de leur amour);
Mais, de peur que par là leur ruse découverte
Ne fist voir leurs desseins au jour,
On luy donna le nom de Melicerte.

LICARSIS.

Ah! nous voila donc éclaircis.

MOPSE.

Tu vois bien si j'ay tort, mon pauvre Licarsis ;
Amasis de sa presence
Honore aujourd'huy ces beaux lieux.
Melicerte est devant ses yeux.
Il voit ce gage precieux...

LICARSIS.

Mais dy-moy, là-dessus quelle est son assurance?
A-t-il quelque signe certain...?

MOPSE.

En terminant son malheureux destin,
Feu Ladice écrivit un billet de sa main,
Et ce billet fait foy de sa naissance :
Depuis le jour de son trépas,
Sans cesse devant luy Ladice se presente;
Il la voit toujours menaçante,

Et l'ombre ne le quitte pas.
Amasis, interdit, fremit et s'épouvante,
Il pousse à tous momens de funestes soûpirs.
Plus il veut trouver de plaisirs,
Et plus son suplice augmente :
Ce prince malheureux, de remords agité,
A perdu le repos et la tranquilité.

LICARSIS.

Vraiment oüy, tu viens là m'en donner d'une belle.
Tu t'imagines donc que je croye aisément ?
Tout ce que tu dis là s'appelle
Mentir fort agreablement.
Je ne veux plus apprendre de nouvelle.

MOPSE.

Ne raisonne pas tant : car le bruit du païs
Veut que Myrtil ne soit pas bien ton fils.

LICARSIS.

Plaist-il ? Quoy ? Que dis-tu ?

MOPSE.

C'est une bagatelle.

LICARSIS.

Acheve donc.

MOPSE.

Je te romps la cervelle.

SCENE II.

LICARSIS SEUL.

Il fuit, et me donne un avis
Qui, s'il dit vray, couvre mon front de honte.
La peste soit du chien de conte!
Je te trouve plaisant, Myrtil n'est pas mon fils!
Plus je songe, plus je rumine,
Comment ma femme auroit machiné tout cela,
Et moins je me l'imagine...
Non, non, c'est faire tort à la sage Dorine...
Cependant elle estoit bien fine...
M'auroit-elle fait ce tour-là?
Examinons doucement cette affaire...
Tâchons à découvrir si Myrtil est mon fils...
Mais pourquoy cette matiere
Te fait-elle peur, Licarsis?
Mauvais augure pour le pere...
Le vilain examen pour les pauvres maris!...
Pauvre esprit qui croyoit qu'en la machine ronde
On ne trouvoit des maris malheureux
Que dans la foule du grand monde!
C'est une erreur, il s'en trouve en tous lieux;
Nous voyons les plus grandes villes
Regorger de maris là-dessus peu tranquiles.

La mode en a passé jusques dans nos hameaux;
Les nimphes de nos boccages
Ne sont là-dessus pas plus sages
Que les dames des chasteaux...
Plus je songe à Myrtil, plus je le considere,
Plus ma raison me dit qu'un autre en est le pere.
Il est fort beau, bien fait, et tout des plus polis;
Entre nous, il n'a pas ma mine,
Ny moy, tous ses talens exquis...
Ah! que j'en dois à feu Dorine!
Sur ce pied-là, Myrtil n'est pas mon fils.
Que ne me laissoit-on dans mon erreur premiere!
J'enrage quand j'y viens songer.
Je voudrois de bon cœur que ce chien de berger
N'eust jamais eu de pere ny de mere.
Mais j'apperçois Myrtil... Il faut dissimuler
La tristesse qui m'accable.
Dorine, en le faisant aimable,
Il eût fallu le faire un peu me ressembler.

SCENE III.

LICARSIS, MYRTIL.

MYRTIL, *sans apercevoir Licarsis.*
Funeste rang, destin impitoyable,
Est-ce assez exercer ta barbare rigueur?

Ah! tu ne m'élevois au faiste du bonheur
    Que pour mieux faire éprouver à mon cœur
        L'horreur de ce coup effroyable.

LICARSIS.

Hé bien, qu'est-ce, Myrtil? tu me parois chagrin.
Je veux bien cependant que le nœud d'hymenée
De Melicerte et toy fasse la destinée.
    Quand vous donnerez-vous la main?
Entre son oncle et moy la parole est donnée,
    Et voila ton bonheur certain.

MYRTIL.

    Ah! du moins épargnez ma flâme,
Et ne m'accablez point de si cruels discours.

LICARSIS.

    La fortune est un peu femme,
Elle est sujette à de fâcheux retours.

MYRTIL.

    Quoy! lorsque ma perseverance
A fait agir mon pere en ma faveur,
Du jeune objet qui cause ma langueur
    Le rang et la haute naissance
    Viennent détruire mon bonheur!

LICARSIS.

    Allons, il faut en patience
    Supporter ce petit malheur,
    Et, pour mieux consoler ton cœur,
    Il faut faire une autre alliance :
N'y songe plus, allons, un peu de fermeté.
Il faut faire le choix de quelqu'autre maîtresse ;
    L'amour veut de la nouveauté :

Il n'est point, dans la tendresse,
De plaisir plus charmant que celuy de changer.
Quand de jeunes attraits auront sçu t'engager,
Un doux hymen reparera ta perte.

MYRTIL.

Qui? moy! j'oublîrois Melicerte,
Et les plaisirs que goûtoient nos deux cœurs!
J'oublîrois les sermens qu'en ses tendres ardeurs
Me faisoit si souvent cette bergere aimable,
Que son amour seroit durable,
Que rien n'en troubleroit les charmantes douceurs?
Je plains ma cruelle disgrace,
Et croirois avoir tort en ne le faisant pas.
Si Melicerte tient une si haute place,
Myrtil devoit-il naistre en un rang aussi bas?

LICARSIS, *à part.*

Peste! quels discours pour son âge!
Je l'admire, et j'en suis surpris...
Oh! ce n'est pas là le langage
D'un simple fils de Licarsis.
Oh ça, Monsieur mon petit-fils,
Aprés avoir parlé d'une douce maniere,
Et même esté jusques à la priere,
Sçachez que je vous vais parler d'un autre ton;
Il faut s'expliquer tout de bon,
Et faire choix d'une de ces deux belles;
Ou, si vous ne voulez point d'elles,
Et que vous persistiez dedans vôtre refus,
Je ne vous en parleray plus;
Mais vous verrez ce que je sçauray faire.

Les voicy, je croy, toutes deux.
Qu'on songe à repondre à leurs vœux,
Ou craignez le courroux d'un pere.

SCENE IV.

LICARSIS, MYRTIL, EROXENE, DAPHNÉ.

LICARSIS.

Enfin, Myrtil s'apreste à nous bien contenter ;
Il accepte l'honneur que vous luy voulez faire.

DAPHNÉ.

Nous venons le feliciter
Du rang où sa chere bergere
Va bien-tôt le faire monter.

LICARSIS.

Epargnez un peu sa tendresse ;
Il doit quelques soûpirs à la perte qu'il fait.
Pour moy, si je perdois quelque jeune maîtresse,
Je n'aurois pas l'esprit trop satisfait.
Oh ça, Myrtil, plus de foiblesse,
Montre-toy sage garçon,
Et rappelle ta raison.
Pourquoy ne suis-je plus dans ma verte jeunesse ?
Pourquoy suis-je un berger grison ?
Ah ! si deux nimphes aussi belles

Venoient s'offrir à moy de si douce façon,
Je rajeunirois auprés d'elles.
Allons, Myrtil, allons, rapelle tes esprits.
J'aimeray bien ma bru, si je la voy gentille ;
Mais je veux qu'elle soit et douce et bonne fille :
A ce prix seul je donneray mon fils ;
Je prétens qu'elle me cherisse,
Et souvent qu'elle réjoüisse
Son bon pere Licarsis ;
Je dis ce que je pense, et je les aime telles :
Je veux joyeusement consumer mes vieux ans.
Adieu, mes pauvres enfans,
Soyez aussi douces que belles,
Je seray bon, nous serons tous contens.

SCENE V.

EROXENE, DAPHNÉ, MYRTIL.

Daphné.

Enfin, nous sommes seuls, et nous pouvons, sans feinte n
Expliquer de nos cœurs les tendres sentimens ;
Il faut nous parler sans contrainte.
Voyez qui de nous deux a le plus d'agrémens.

Eroxene.

Oüy, Myrtil, là-dessus il faut être sincere :
Suivez les mouvemens de vos jeunes desirs.
L'hymen n'est pas de ces plaisirs

Qui n'ont qu'un temps et qui ne durent guere :
C'est pour le reste de nos jours
Que nous nous engageons sous sa pesante chaîne ;
Et, quand sur un choix on se gêne,
On est malheureux pour toujours.

MYRTIL.

Aussi, pour éviter ces troubles effroyables,
Et pour vivre toujours en paix
(J'ouvre icy de mon cœur les sentimens secrets,
Et vous les dis, Nimphes aimables),
Je ne me marieray jamais :
Ne vous obstinez point à reparer ma perte,
Les Dieux ne m'avoient fait qu'un cœur,
Mais ce cœur est à Melicerte.

DAPHNÉ.

Tu ne ris pas de son erreur ;
Pour moy, j'admire sa foiblesse.
Il a cru que pour luy nous avions de l'ardeur.
Est-il d'âge à sçavoir ce que c'est que tendresse ?
Que ce berger a de jeunesse,
D'avoir cru si legerement !
Myrtil, détrompez-vous, c'est un amusement,
Nous voulions rire seulement.

EROXENE.

Soyez tranquile, et retenez vos larmes,
On ne veut point troubler vôtre constante ardeur ;
Et, puisque Melicerte a pour vous tant de charmes,
Vivez heureux, aimez–la sans allarmes.
Je vous cede, Myrtil, et ne suis point d'humeur
A luy disputer vôtre cœur.

8

SCENE VI.

MYRTIL seul.

Amour, en est-ce assez? et ta rigueur extrême
A-t-elle mis le comble à l'horreur de mon sort?
Tu m'enleves tout ce que j'aime.
Laisse-moy, par pitié, le secours de la mort.
Et vous, aimable solitude,
Beaux lieux témoins de mon inquiétude,
Hier encor dans vos secrets reduits
Myrtil voyoit sa bergere
Luy jurer un amour sincere,
Et flatter de l'espoir ses funestes ennuis...
Ah! trop fatale pensée,
Pourquoy viens-tu m'entretenir
Du funeste souvenir
D'une felicité passée?
Mais je la voy paroistre, ô Dieux!
Myrtil, évitons sa presence...
Quel charme trop fatal me retient en ces lieux?
Contre les traits vainqueurs qui brillent dans ses yeux,
Helas! mon cœur, tu n'as plus de deffence.

SCENE VII.

MYRTIL, MELICERTE.

MYRTIL.
Venez-vous plaindre un malheureux amant?
Estes-vous sensible à sa perte?
Concevez-vous l'horreur de mon tourment?
J'ai perdu tout en perdant Melicerte.
MELICERTE.
Avec vous mon destin me paroissoit trop doux.
L'amour avoit formé les nœuds de nostre chaîne,
Les Dieux en ont esté jaloux :
Bien-tost ma grandeur souveraine
Va me donner un époux,
Et ce ne sera pas vous :
Jugez, Myrtil, quelle sera ma peine !
MYRTIL.
Les Dieux, qui pour Myrtil n'ont que de la rigueur,
D'un sang trop bas l'ont fait naistre,
Princesse, il sçait mieux se connoistre,
Et ce n'est point à luy d'envier le bonheur
De vostre époux, puisqu'il ne sçauroit l'estre :
Tout s'oppose à son ardeur.
Que ne suis-je encor dans l'enfance !
Nos jeunes cœurs dans la pure innocence
Se juroient tendrement de sinceres amours,

L'hymen faisoit toute nostre esperance.
Ah! de si doux momens devoient durer toujours!
Vous deveniez, hélas! de plus belle en plus belle,
Et l'âge vous donnoit mille nouveaux attraits ;
Ma raison me servoit à vous estre fidelle,
Et mes yeux, à sentir le pouvoir de vos traits.
     Ciel! quel changement effroyable!
Je pers en un moment ce que j'aime le mieux,
Ce qu'ont vû de plus beau les hommes et les Dieux ;
     Et, malgré le coup qui m'accable,
     Malgré le sort injurieux,
     Vous me semblez toujours aimable,
Et je vous vois toujours avec les mêmes yeux.
     MELICERTE.
Ah! Myrtil, épargnez la tendre Melicerte.
     Quelle est vostre cruauté!
     Je suis trop sensible à ma perte.
Mon cœur n'a pas encor assez de fermeté.
De grace, finissez un discours qui me blesse,
     Et qui d'ailleurs n'est que trop doux ;
Epargnez, cher Myrtil, une triste princesse,
     Puisqu'elle ne peut être à vous.
     MYRTIL.
     A la cour du roy vostre pere
     Vous perdrez bien-tost ces regrets,
Vous verrez tous les cœurs s'empresser à vous plaire
     Et prevenir tous vos souhaits.
Rien ne console mieux qu'une belle couronne :
De ses grandeurs l'esprit est toujours occupé,
     Et l'éclat qui l'environne

Vous doit faire oublier les plaisirs de Tempé...
Mais que vois-je? grands Dieux! qui cause vos allarmes?
　　　A quoi pouvez-vous songer?
Ah! ne répandez point de precieuses larmes
　　　Pour un simple petit berger.
　　　　MELICERTE, *en larmes.*
Cher Myrtil!
　　　　　　MYRTIL.
　　　　Aimable princesse!
　　　　MELICERTE.
Falloit-il m'inspirer une si tendre amour?
　　　　MYRTIL.
　　　Et pouvois-je prevoir qu'un jour
Un éclat trop fatal détruiroit la tendresse
　　　Qui régnoit entre nos deux cœurs?
　　　Destin, quelles sont tes rigueurs!
　　　　MELICERTE.
　　　Falloit-il m'estre si fidelle!
　　　Pourquoy n'estre pas inconstant?
　　　　MYRTIL.
　　　Pourquoy me plûtes-vous tant
　　　Et me parûtes-vous si belle?
　　　　MELICERTE.
C'en est donc fait, Myrtil, il n'y faut plus songer.
　　　Mon rang s'oppose à ma tendresse:
　　Hélas! pourquoy n'estes-vous qu'un berger,
　　　Ou pourquoy deviens-je princesse?
　　　　MYRTIL.
　　Ciel! quelle est ma vive douleur!...
Mais le roy vient hâter vôtre bonheur...

Pensez à moy, du moins, et plaignez mon malheur.
Absente de ces lieux, je vous verray sans cesse :
Songez que, si Myrtil n'eût pas esté constant,
Le malheureux Myrtil ne souffriroit pas tant.

MELICERTE, *en pleurs.*

Adieu, Myrtil...

MYRTIL.

Adieu, belle princesse...

SCENE VIII.

AMASIS, MYRTIL, MELICERTE, LICARSIS, MOPSE,

TROUPE D'EGYPTIENS, TROUPE DE BERGERS.

AMASIS.

Non, je ne puis souffrir ces mortelles terreurs ;
Rien ne sçauroit calmer ma triste inquietude.
Je suis en proye à mes fureurs :
Justes Dieux ! finissez un supplice si rude,
Soyez sensibles à mes pleurs...

(*Il lit le billet de Ladice.*)

« Tu possedes la couronne
« Qu'avoit justement Apriez ;
« Mais de l'éclat qui t'environne
« Je ne joüiray jamais :

« Je meurs, et te laisse une fille ;
« De mille appas naissans cette princesse brille ;
« Mais tu ne la verras, trop perfide Amasis,
« Qu'en rendant la couronne au prince Sesostris...»
    Cesse donc, ombre trop chere,
    Cesse de me tourmenter...
Donne-moy sur ce fils quelque foible lumiere,
    Et je sçauray te contenter...
    Mais quelle vapeur m'environne!...
    Je suis saisi d'une soudaine horreur...
Qu'on chasse de ces lieux cette ombre qui m'étonne!...
Oûy, j'y suis résolu, je rendray la couronne
    Au legitime successeur...
Mopse, tu vois l'horreur dont mon ame est saisie :
    De grace, oblige Amasis :
Je sçay que tu connois le prince Sesostris.
    Fais-le moy voir, répons à mon envie,
    Et ton roy n'oublîra jamais
    De recompenser tes bienfaits.

MOPSE.

Vous l'avez dit, moy seul en ay la connoissance.
    Je suis maistre de son destin.
Je le vis élever dés sa plus tendre enfance ;
    Il voit le jour, j'en suis certain!...
    Répondez-moy que vôtre haine
Respectera les jours d'un prince malheureux,
    Et je finiray vôtre peine :
Donnez-moy vôtre foy : je rempliray vos vœux.

AMASIS.

Ouy, de l'éclat qui m'environne

Je dépose à ses pieds la suprême grandeur.
Sesostris de ma main recevra la couronne;
Sans en estre jaloux je verray son bonheur :
J'en atteste les Dieux que l'Egypte revere,
  J'en jure par le grand Apis
  Et par son auguste mere :
  Qu'ils fassent sur Amasis
Eclater les effets de leur juste colere,
S'il ne rend la couronne au prince Sesostris!

  MOPSE, *presentant Myrtil.*

 Seigneur, après cette asseurance,
Le jeune Sesostris va paroistre en ces lieux...
Venez, prince, venez! vôtre auguste naissance
  Doit enfin détromper les yeux.

  MELICERTE, *à part.*

Que vois-je, hélas! c'est Myrtil, justes Dieux!

  AMASIS, *étonné.*

Quoy! ce petit berger...

  LICARSIS, *en colere.*

   Quel est donc ce langage?
Voyez, Myrtil n'est pas mon fils!
Mopse...

  MOPSE.

Silence, Licarsis.

  LICARSIS.

Quoy! je pourrois souffrir...

  MOPSE.

  Taisez-vous!

  LICARSIS.

   Oh! j'enrage.

MOPSE, *à Amasis.*

Seigneur, si vous voulez un moment m'écoûter,
        Vous ne pourrez plus en douter ;
        Ce vieux berger fit un voyage
        (Je parle d'environ seize ans,
            Et ce fut au même temps
        Que nous vinsmes dans ce boccage).
A peine fusmes-nous huit jours dans le païs
        Que sa femme accoucha d'un fils ;
        Ce fils, son unique esperance,
Mourut trois jours aprés. Ce fut pendant l'absence
            De son pere Licarsis.
        Alors du prince Sesostris
A sa femme Dorine on confia l'enfance :
        Elle eut une recompense
        Pour mieux conserver le secret.
        Comme elle avoit l'esprit discret,
        Elle seule en eut connoissance :
Sous le nom de Myrtil, ce prince supposé
A tenu jusqu'icy son esprit abusé.

AMASIS.

        Ah ! ton discours est veritable !
D'un plein repos je goûte les attraits...
        Oüy, dans ce prince tant aimable
        Je remarque à present les traits
        Du trop malheureux Apriez :
Ah ! Prince, pardonnez à ma fureur extrême ;
Etouffons nos discords dans nos embrassemens,
        Et que l'éclat du diadême
        Repare icy vos mécontentemens...

Oüy, Prince, je vous rends le trône...
Vous, peuples qui suivez mes loix,
Soyez attentifs à ma voix.
Ce prince justement doit porter la couronne.
Vous voyez vostre roy, c'est le sang d'Apriez.
Soyez-luy fidelles sujets ;
Et pour vous faire un sort plus doux, plus agreable,
Prince, je joins à vos Etats
Cette princesse aussi jeune qu'aimable ;
Elle ne m'en dédira pas.

MYRTIL, *étonné.*

Se peut-il qu'à mes vœux le destin favorable
Fasse, grand Roy...

AMASIS.

Je vous unis tous deux.
Soyez à jamais heureux.

MYRTIL.

Ah ! qu'agreablement tu repares ma perte,
Destin, en me rendant ma chere Melicerte !

MELICERTE.

Un changement si beau me paroîtra plus doux
En le partageant avec vous.

MYRTIL, *à Licarsis.*

Et vous qui prîtes soin d'élever ma jeunesse...

LICARSIS.

Mon fils... dis-je, Seigneur, mes vœux les plus ardens
Sont de passer auprès de vous sans cesse
Le reste de mes vieux ans.

MYRTIL.

Oüy, Licarsis, vos vœux seront contens.

SCENE DERNIERE.

AMASIS, MYRTIL, MELICERTE, LICARSIS, MOPSE, TIRENE,
TROUPE D'EGYPTIENS ET DE BERGERS.

TIRENE, *à Myrtil.*
Nos bergers, animez d'une juste tendresse,
    Forment pour vous les plus doux vœux.
Ils voudroient bien, Seigneur, par leurs chants et leurs jeux,
    Vous témoigner leur allegresse.
AMASIS.
    Il faut répondre à leurs desirs,
    Et satisfaire à leur impatience ;
Un hymen si pompeux demande des plaisirs,
Ne nous opposons point à leur réjoüissance.
    Que les bergers des hameaux d'alentour
    Se rassemblent dans ce boccage :
    Tempé doit avoir l'avantage ;
Le jeune Sesostris y faisoit son séjour.
    A ce pompeux mariage
Vont presider les Dieux d'hymenée et d'amour.
    Celebrez un si beau jour !

Fin du Troisiéme Acte.

TROISIÉME INTERMEDE.

APRÉS UNE SIMPHONIE, UN BERGER OUVRE
LE DIVERTISSEMENT PAR CES PAROLES :

LE BERGER.

Bergers, rassemblez-vous,
Accourez tous ;
Ranimez vos douces musettes.
Faites regner toujours
Dans vos aimables chansonnettes
L'agrément des amourettes
Et la constance des amours.

*(Après que le berger a achevé cette chanson, une
simphonie en échos rassemble sur le theatre les
bergers et les bergeres, et deux bergeres viennent ensuite chanter ces paroles :)*

C'est la tendre perseverence
Qui met le comble à nos desirs.
Lorsque l'amour couronne la constance,
Il fait dire, dans les plaisirs :
C'est la tendre perseverence
Qui met le comble à nos desirs.

Une des bergeres danse seule. Aprés cette entrée,
une jeune bergere chante les paroles suivantes :

Chaque berger du boccage
Aime à son tour,
Et je veux suivre cet usage.
Mon berger me dit chaque jour
Que je suis faite pour l'amour,
Et que l'amour est de mon âge.

ENTRÉE DE BERGERS

ET DE BERGERES.

Aprés cette entrée, une bergere vient chanter
ces paroles :

Pour un berger la timide bergere
Craint quelque temps de s'enflâmer ;
Mais, aussi-tost qu'elle veut sçavoir plaire,
Elle veut sçavoir aimer.

ENTRÉE DE LA MESME BERGERE, *seule.*

Aprés cette entrée, une bergere chante ces
paroles :

L'amour a des aisles,
Il s'échappe aisément.
Par des tendresses nouvelles,
Engagez chaque jour le cœur de vôtre amant.
L'amour a des aisles,
Il s'échappe aisément.

ENTRÉE DE BERGERS

ET DE BERGERES.

Un Berger *chante*.
Telle bergere à la danse
S'attire souvent des vœux.
L'amour, pour allumer ses feux,
Se saisit d'un moment heureux,
Et, lorsque moins on y pense,
Soit que l'on chante ou que l'on danse,
L'amour est de tous nos jeux.

ENTRÉE D'ÉGYPTIENS,

DE BERGERS ET DE BERGERES.

FIN.

Imprimé par D. Jouaust

POUR LA

NOUVELLE COLLECTION MOLIÉRESQUE

PARIS, 1882

www.ingramcontent.com/pod-product-compliance
Ingram Content Group UK Ltd.
Pitfield, Milton Keynes, MK11 3LW, UK
UKHW020922140726
13695UKWH00003B/924